CUON韓国文学の名作

001

広場

崔仁勲

吉川凪 訳

This book is published with the support of
the Literature Translation Institute of Korea (LTI Korea).

作家のことば

人間は広場に出なければ生きられない。ヒョウ皮の太鼓が鳴り響く原始人の広場から、同じ社会にいても仲間であるとは気づかずに生活する現代的産業構造の迷宮に至るまで、時代と空間を異にする数多くの広場がある。

しかしその反面、人間は密室に引きこもらずには生きられない動物だ。原始人の洞窟から精神病院の隔離室に至るまで、時代と空間を異にする、数多くの密室がある。

人々が自分の密室から広場に出る路地は、それぞれ違う。広場に至る路地は無数にある。そこに行く途中、巨象が自殺するのを目撃した人もいれば、タンポポの綿毛を追ってきた人もいる。

たどってきた道は、そんなふうにさまざまだ。どの人の道がより立派だろうかなどと言うのは見当はずれだ。巨象の自殺を、ただ大きな見世物としか感じなかった馬鹿もいるだろうし、春の野原に浮遊するタンポポの綿毛に永遠を見た人もいる。

どんな経路で広場に行こうが、その経路が問題なのではない。ただ、その道をどれほど熱心に見て、どれほど熱心に愛したのかにかかっている。広場は大衆の密室であり、密室は個人の広場だ。

人間をこの二種類の空間のどちらかに閉じ込めてしまう時、彼は生きられない。そんな時、広場に暴動の血が流れ、密室から狂乱の叫びが漏れる。我々は、噴水が上がり明るい日光の下にいろいろな花が咲く、英雄や神々の銅像で飾られた広場で、海のように壮大な合唱に加わりたいと願い、それとまったく同じ真実として、個人の日記帳や、恋人が夕方脱いだまま早朝忘れていった手袋の載ったベッドに腰かけ、広場を忘れる時間を持ちたいと願う。

李明俊《イミョンジュン》も同じだ。

彼はどのように密室を捨て、広場に出たのか。彼はいかにして広場で敗北し、密室に退いたのか。

私は彼をかばう気はないが、彼が懸命に生きたいと願った人だということだけは言える。彼が風聞に満足しないで、常に現場に留まろうとした態度。

まさにこのために、私は彼の話を伝えたいと思った。

一九六一年二月五日　著者

目次

【凡例】

・本文中の（　）内は訳注である。

・原書には現在あまり使われない用語や、不適切とされる表現もあるが、描かれている時代および原文の雰囲気を損なわないために、あえて活かした部分がある。

広場

海はクレヨンより深い青の鱗を、重たげに波打たせて息づいている。

中立国に向かう釈放捕虜（朝鮮戦争停戦後、韓国内の捕虜収容所にいた朝鮮人民軍〈北朝鮮軍〉捕虜は、釈放後に北朝鮮に戻るか、韓国に留まるか、中立国に行くかを自ら選択した）を乗せたインド船タゴール号は、白いペイントですっきりと塗装された三千トンの船体を震わせ、物体のようにぎっしり立ちこめた東シナ海の暖かい海霧をかきわけて滑らかに進む。

釈放捕虜・李明俊《イミョンジュン》は、デッキに通じる右側の階段を下り、船の後方にある手すりにもたれる。ライターで煙草に火をつけようとしてもすぐ風で消えてしまい、何度も失敗したあげく、しゃがみこんで右腕で顔を覆ってようやく火をつけた。その時だ。また、あの眼。出航してから時折、現れる幻。何かがこちらを見ていて、明俊が振り向くとふっと隠れてしまう。幻であるとわかってからも、その幻はつきまとって離れない。今、その眼は船室のドアの隙間からこちらを見つめていて、明俊が顔を上げると隠れてしまった。顔のない眼。いつもそうだが、今回も、忘れてはならない何かを忘れていて、ふとそれに気づいたような感じがする。それが何であるのかは、やはり思い出せない。実は何も忘れてなどいないのだ。そうと知りつつも、忘れたという感じは、間違いなく起こる。とても気分が悪い。太いロープを腕にかけた船員が通りかかった。彼はくわえていたパイプを口から抜き、明俊の胸の辺りを二、三度たたくようなしぐさをしてから、そのパイプで船長室を示した。明俊はうなずいて煙草を海に投げ、船長室に通じる階段に向かう。

椅子にゆったり腰かけてお茶を飲んでいた船長は、明俊が入ってくると、あごで別のカップを示した。見事なあごひげを蓄えた、アーリア人の血統から良い部分だけを採ったように端正な顔立ちは、浅黒い彫刻のようだ。明俊は椅子に座ってカップを口に近づける。収容所で飲んでいたのよりも渋いインド紅茶を、船長は極上の品だと言って時々ごちそうしてくれた。明俊は何となく船長に向けていた視線を、左の窓に移して外を見る。マストのてっぺんを除けば、ここが船の中で最も見晴らしが良い。一面に広がる海は、大きく開かれた、まぶしい光の扇だ。

右の窓をのぞくと、そこにもう一つの光の扇がある。護衛する戦闘機さながらに遠ざかっては近づき、時にはマストに止まりつつ、朝からずっと船に従っている二羽のカモメが空の左方に浮かんでいて、まるで扇に描かれた絵のようだ。

捕虜たちを護送する任務を負って乗船しているムラジという名のインドの役人は、昼間はずっと飲んだくれ、夜は機関室の上にある厨房で料理長を中心に開かれるカード賭博に熱中していたから、釈放者たちの生活に関することや船長との話し合いなどは、ほとんど明俊がやっていた。明俊の英語は、結構使いものになった。初めて会った時に学校のことを尋ねられ、明俊が学校で習ったとおり「〇〇ユニバーシティ」と言うと、船長はすぐ、巻き舌のRの発音を訂正するように、

「おや、ユニバーシティですか」

Rを響かせない、平板な発音をしてみせた。彼はイギリスの商船学校を出たと言い、こちらが知っているはずもないイギリス海軍の大物らしき名前を並べて学友だと言った。しかしそんな話も、自慢しているというより、子供のように天真爛漫な感じがした。外

国人と話をしていると、彼らは少なくとも韓国人よりは子供っぽいところがあるように思う。そして、子供のように意地を張るべき時には意地を張り、簡単に折れないのを見るたび、その骨太さを見るような気がする。船長だけでなく船員もそうだが、彼らの態度には、それなりに釈放捕虜を理解してくれているような感じがあった。祖国のどちら側にも帰ろうとせず、見知らぬ国を居住地に選んだ釈放捕虜を、祖国を追われた受難者のように思っているらしい。さまざまな場面で彼らのそんな態度に気づくたび、身に余る賛辞を、眼をつぶって受け入れているような気恥ずかしさを覚える。その恥ずかしさを感じている自分のことが、舌打ちしたいほど気に入らない。だが、そんな気持ちを露わにしてしまえば、思いもよらぬ恐ろしい何かが飛び出してくるような気がして、押し殺してしまう。

「今、どんな心境だね。待ち遠しいか？　それとも怖いかな？」

「何も。何も考えていません」

明俊は首を横に振る。船長は煙草の煙を輪にして吐き出しながら、ちょっと笑う。

「まあ、私には理解できないな。自分の国のどちら側にも帰らずに、見知らぬ国で暮らすなど。親兄弟はいないのか」

「います」

「誰？　お母さんか？」

「いえ」

「お父さん？」

明俊はうなずきながら、どうして母親のことを先に聞くのだろうと思う。

「恋人は？」

明俊は、すぐに見てとれるほど顔色を変えた。船長は当惑したように、右手の人差し指を立て、何度もうなずきながら言った。

「悪かったな」

それは彼らの習慣なのかもしれないが、痛いところを突いてしまったことを謝るそんなしぐさが、洗練されたスマートさを感じさせる。船長によけいな気を使わせてしまった。両側の窓から吹き込む風が、ピンで止めた海図の縁を揺らす。カモメはすぐ横を飛びながら、窓枠で区切られた風景の中を舞い上がったり舞い下りたり、斜めに飛んで船尾の方に消えたりしている。日の光が明るくなるにつれ、鈍い感覚が手足を走る。遠い昔、みじめな暮らしをしていて、それでも重要なことが近づく時もそんな感覚があったが……。恋人は？　その言葉が、まだこれほど深く強い響きを持っているということは。

「恋人がいれば、こんなふうに外国に行くわけがないでしょう」

埋め合わせをするようにわざと穏やかな口調で言って、船長を見た。

船長はちょっと眼を細め、きっぱり言う。

「いや、そういうこともあるぞ」

ひどく沈んだ語調にぞっとして、明俊は空になったカップをなでまわす。船長は念を押すように、

「そういうこともある」

「そうですかね」

さっきとは違う、包み隠さない態度が率直で気持ちいい。

「人にとって最も大切なものを残しても、港を出なければならない時がある」

船長は自分の過去を振り返っているらしい。この四十代の船長が浴びてきた海風のよ

うに厳しく、ひょっとすると夜の海のように暗い恋愛談が、その後に続きそうだ。その時、船員が入ってきた。機関部で何かトラブルがあったと報告しているようだが、機械の名前を交ぜて早口でまくしたてるから、何を言っているのかわからない。船長は立ち上がって明俊の肩に手を置く。

「今晩、ちょっと遅くなってから来なさい」

にっこり笑って見せると、船員の後について階段を下りてゆく。彼らが出ていってしばらくしてから、船室に戻る。同じ部屋を使うことになった朴《パク》は二段ベッドの下段で寝ていたが、気配を感じて明俊の方に向き直った。咸興《ハムン》（北朝鮮東海岸の港湾都市。咸鏡南道《ハムギョンナムド》の道都）で教師をしていたというこの男は、船に乗って以来、暇さえあれば寝ている。眠そうな細い眼をした四角い顔の青年だ。明俊は、彼に会った時、疲れているという印象を受けた。疲れているのは自分も同じだが、朴の場合は、もっと垢じみて悪臭の漂うような暮らしからきた疲労のような気がする。明俊は、そんな印象を持つのは相手を下に見ているからで、ねちっこくからんできた共産党員がよく言っていた〈小ブルジョア根性〉だろうなと、一人で苦笑する。朴は再び寝返って向こうを向いた。

「次の寄港地は香港だって？」

「うん」

明俊が上のベッドに上がりながら朴の枕元を見下ろすと、洋酒の瓶が枕に半ば埋もれている。寝ながらちびちび飲んでいたのだろう。

「上陸できないかな」

「駄目だよ。日本でも駄目だったんだから」

「まるで抑留されてるみたいだ。これこそ捕虜扱いじゃないか」

酔っているらしい。だからどうした？　明俊は内心、そうつぶやき、怒りを感じる。不満なのは皆同じなのに、自分だけ不当に扱われているような言い方をするから、腹が立つ。返事をせずに脚を伸ばす。手足の伸びる感じが心地良い。転がって片腕を下に伸ばし、こぶしで柱を二、三度こつこつとたたいてから手を開く。すぐにずんぐりとしたガラス瓶の首が手に触れた。瓶を持ち上げてラベルを見る。日本製のウィスキーだ。中身は三分の一ほど減っているが、まだずっしり重い。蓋を開け、ひと口飲む。香り高い、しびれるような液体が舌の上に転がる。続けざまに二、三口飲み、また腕を下ろして持ち主に返してやる。下の方で、朴が出し抜けにふふふと笑う声がする。明俊は、なぜか鳥肌が立つ。さっと起き上がった。

「どうして笑う」

返事がない。

「おい、どうした」

ようやく答えが返ってきた。

「ふふふ、おい、お前、今もう一度選べと言われたら、それでも中立国に行くか？　俺はわからんな」

明俊は、身体を静かに横たえる。

寝床がそのままそっと沈み、船底を突き破って海中に落ちてゆくような、暗い船酔いが彼を襲う。火がついたように熱い喉をさまそうと、ベッドから下りて大きなコップで水を飲み、また寝床に上がる。寝ようとするまでもなく、もう酔いが回ったのか、まぶたがひとりでに閉じてしまう。もう一度選べと言われても、同じ選択をするかだと？

ああ、もちろんだ……もちろん。

眼を覚ますと、夕食の時間だ。食事時には彼ら釈放者はひと所に集まり、食事が終わると後方のデッキにある手すりの近くでしばらく時を過ごし、いつの間にかばらばらになる。彼らは運命を共にするのだから、なるべく一緒にいようとしそうなものだが、実際はそうでもない。もっとも、乗船当初はそうだった。船が出てからはまだ三日でも、出航を待っていた期間も含めれば、この船に乗って十日以上になる。待っている間、ムラジを通して伝えられることがらを理解し共に行動するため、彼らは集団で動いた。それはただ単に、集団の動きから一人取り残されることを、各人が本能的に恐れていたに過ぎない。いざすべての手続きが終わり、船で目的地に向かうだけになった時、彼らは一緒にいたくないと思っているように見えた。突然、薄情になったのではない。目的地に着くまでに船室で、正確に言えば各自の胸の中で、それぞれが気持ちの整理をつけなければならないのだ。どの部屋でも、明俊の部屋と似たり寄ったりの光景が繰り広げられていた。彼らは食事に集まるたびに互いの顔色をうかがう。他人の顔を見て、どれぐらい心の整理がついているかを推し量るのだが、誰一人として明るい表情はない。すると彼らは安心する一方、いっそうもどかしくなる。

自分だけではないから安心し、気持ちの整理がつかないから、もどかしい。

海は穏やかだ。風は昼間より涼しく、月はもう空の真ん中に出ている。

彼らは手すりをつかんで並び立ち、海を見下ろす。誰も口をきかない。最初はこうではなかった。騒ぎ、歌い、浮かれていた。明俊はいつか目的地に着く前に、一度船内で飲み会でもやらなければと思う。船長は許可してくれるはずだ。すると、さっき船長が、夜になったら来いと言っていたのを思い出す。船長室を見上げる。明かりの灯った小さな望楼のような部屋の上に伸びたマストに白い点を見たような気がして、二、三度まばたきをしてから、再び見上げる。はっきりしないが、カモメだろう。ふと、今晩、船長が女の話をしたら困るなと思う。他人の打ち明け話を聞いたら、自分のことも打ち明けなければならないのではないか。遅くなってから来いと言っていたな。明俊は辺りを見回す。ほとんどの者は去り、残っているのは自分を含め三、四人だけだ。部屋に戻ろうかと思ったが、やめて厨房に向かう。のぞき込む。豚のように太って首の肉がだぶついた料理長がゆっくりこちらを向き、明俊をにらみつけるように見てから顔を元に戻す。

それは癖になっている眼つきだ。視力が悪いのだろう。その隣にムラジの痩せこけた顔がある。磨き上げられたアルミニウムがぴかぴか光る厨房で低いテーブルを間に挟んで背を丸めている人たちは、見ようによっては和気藹々《わきあいあい》のようでもある。初めてここをのぞいた時、料理長は仲間に入れと眼で合図したが、明俊が首を横に振ると、あっさりまた背中を向けた。おねだりをしていた子供が、すぐに忘れて別の遊びをするみたいに。

料理長はいつもゲームばかりしている。明俊は立ったまま、しばらくその様子を見物した。前屈みになっていた料理長は自分の前にカードが来ると、身体に似合わない素早い動作でカードを投げる。明俊は戸口を出て船長室に上がる階段に腰かけ、マストを見上げる。

近くで見ると、確かに二羽のカモメがそこにいた。真っ白い影が二つ、ぼんやり浮かんでいる。

明俊は立ち上がり、階段を踏みしめながら上がる。船首側の空を見る。星が降り注ぐような夜。まだ月があるのに、星の光があんなにまぶしい。海図を見ていた船長は、彼が入ってくると、コンパスを放りだして椅子に座る。

「カモメがついて来てますね」

思わず、そんな言葉が口をつく。

「船乗りはああいう鳥を、死んだ船乗りの魂だと言うんだ。船乗りのことが忘れられない女の心だとも言う。あんなふうについて来ることは珍しくないが、一度、イギリスからカルカッタ（コルカタ）までついて来たことがある。その鳥がいなくなった時は寂しかった。素晴らしく忠実じゃないか。たぶん、メインマストで眠るんだろう」

船長が窓から顔を突き出して上を見上げる。

「ふむ、お嬢さんたち、あそこにいるな。どうせならお嬢さんと言う方がロマンチックじゃないかね。シスター・ガル（gull：〔英〕カモメ）。ははは」

料理長がコーヒーを持ってきた。彼は自分の上司と親しい客に対して気兼ねするような、多少はねたんでいるような顔で給仕すると、よろけながら階段を下りていく。足音が消えると、明俊が口を開く。

「キャプテン、料理長も泳ぐんですか」

船長は腹を抱えて笑う。

「もちろん泳ぐさ。水に浮くかどうかは、請け合えないが」

そう言って、またひとしきり笑う。明俊はすらりと背の高い船長が大笑いするのを眺めて、気持ちが少し晴れる。

笑いやんだ船長は、ふと声を低め、こんなことを言い出す。

「もう二十年も前の話だ。私がカルカッタで初めて航海に出た日、一通の手紙が届いた。私を捨てた女からの手紙だった。さぞかし自分のことを怨んでいるだろうが、そうしなければならない事情があった、航海の無事を祈るという内容だ。初めての航海だったし、思いがけない手紙をもらって落ち着かない気持ちで遠ざかる海岸を眺めていると、一羽のカモメが船について来るのが見えた。さっきの話は、その時にキャプテンが教えてくれたのだ。私はそのカモメが彼女だと思った。その後も、時々そんなことがあった。しかし、どれも昔話だ。今はもう、航海に出るたびに息子や女房におみやげを買って帰るのが楽しみな年寄りになってしまったよ」

船長は戸棚の扉を開いて銃身の長い猟銃を出し、宙を狙うように構えてから、明俊に渡してくれる。

「日本製の猟銃だ。ずっと前からねだられてたのを、ようやく買った」

コーヒーを飲み、しばらく話してから、船長室を退く。星の美しい夜。見上げていると、まるで星空からマストがそびえ、そこに船長室がくっついてデッキがぶら下がっているようだ。デッキの暗い片隅に長々と寝そべる。真上にカモメたちがいた。遠い空の底から飛んできて、ふとマストにひっかかった白いリボンのようだ。

大学から鍾路《チョンノ》に出る道に並ぶプラタナスの木には、ほとんど葉がなかった。ところどころ枝先に残った葉は、風に吹かれてためらうように揺れると、やがて心地よい風に身を任せ、風車のようにぐるぐる回って落ちる。

晩秋が襟をそばだてて、そっとため息をついている。李明俊は、小脇に抱えた本の間から大学新聞を引っ張り出して広げた。最終面の投稿欄に、自分の詩が四角い線に囲まれて掲載されている。

アカシアのある絵

アカシア
生い茂る丘を
僕たちはよく二人で
歩いた
青い芽が
香わしい虫のごとく
芽吹く季節に
友は
空を見て
言った
すてきな序幕が
眼の前に

迫っているような気がする
アカシアの新芽のように
そうじゃないか？

誰も嫌うはずのない
花咲く季節になると
友はまた小粋に花びらを
鼻先に当てて
言った
ああ　人生は実に素敵だ
アカシアの花の香りのように
素晴らしい

こんなふうに

空が
あんなに高くなる
この頃

友はゆったりと
枝に眼をやって言う
人生は恐ろしい
このアカシアの枝のように
堅固だ

でも僕が
何ともないような顔で
ゆっくり煙草をくわえると
彼も同じように

煙草を出してくわえ
アカシア
生い茂る丘を
僕たちはまた黙って
歩くのだった

新聞を受け取り、自分の詩が載っていることを知っても、すぐに読みはしなかった。自分の作品が掲載された新聞を人前で開くのが、何となく気恥ずかしくて。のみならず、折った新聞を本の間に挟んで校門を出るまで、そこに新聞があることすら忘れようとした。学内で発行するままごとみたいな新聞に、詩が一篇載ったぐらいで大喜びしているとは思いたくない。ああ、ちょっとふざけて送ってみただけだよ。そんなふうに、ゆったり構えようとしたのだ。それで今ようやく、本を抱えた方の腕を窮屈に曲げ、新聞の端を持って歩きながら、活字になった自分の詩をちゃんと見ている。ちょっと胸がどきどきしているのは否定できない。

明俊は哲学科の三年生だ。三年生ともなれば、世の中や人生についてそれらしい結論が得られそうなものだ。それなのに、冬休みの近づいた三年生の秋になっても、何の結論も得られていない。結論？　いったい、何のことだ。世の中や人生についての結論とは、何を意味するのだ。それさえわかれば人生など、とてもつまらなく思えるような、そんな何かだろうか。いや、必ずしも人生をつまらなく感じる必要はないし、またそうなりたいと願っているのでもない。人が何のために生き、どうすれば生きがいを持って暮らせるのか知りたい。毎日見たり、感じたり、したりしていることには、何の意味も見いだせない。食べて、寝て、起きて、顔を洗い、登校し、教授の講義をくだらないと思いつつノートを取り、また家に帰り、雨が降れば傘を差し、誰かに誘われれば映画を見に行きもする。誘うのは、たいてい栄美《ヨンミ》だ。栄美の派手な暮らしぶりは、少しも羨ましくはない。ダンスパーティー、ドライブ、ピクニック、映画、またダンスパーティー……。彼女の日常は、その繰り返しだ。何を考えて、あんなに時間を浪費するのだろう。

何も考えているようには見えない。ただリズムに身を任せること。スピードに酔うこと。食べ物をわざわざ別の場所に持っていって食べること。俳優が立ち上がってあくびする時に腕をどれぐらいの角度に曲げるのかを観察すること。どれもこれも、おもしろいことだらけだ。おそらく栄美にとって人生とは、おもしろければいいものなのだ。しかし、アメリカ軍のジープに乗ってアメリカの幼稚園児にも劣る英語で愛嬌を振りまくのが、交際と呼ぶに値するものだろうか。自動車の名前や、カメラのことや、アメリカには高層建築がたくさんあることぐらいしか話せない人たちが、見習うべきお手本であり、新しい生き方を伝える人間だなんて、嘘としか思えない。栄美の兄の泰植《テシク》は、音楽を専攻する学生でありながら、キャバレーなんぞでサクソフォンを吹いている。兄妹の暮らしぶりがあんなによく似ているのは遺伝のせいなのだろうと、明俊は改めて思う。この兄にして、この妹あり。

　この兄妹に一つだけ良いところがあるとすれば、ブルジョア家庭の子弟によく見られる美徳——寛大なことだ。浅い付き合いをするには良い相手に違いないが、真剣な話などは、はなっから受けつけない人たちだ。

いきおい明俊は、二つの顔を持たねばならない。彼らと遊ぶ時の顔と、独りに戻る時の顔と。かといって、そう人付き合いが悪いわけでもない。先頭に立って遊ぼうとはしないだけだ。中心になりたがる人の常として、栄美はそんな明俊の淡々とした態度を、むしろ歓迎していた。栄美に誘われれば、たいてい付き合ってやる。それでいて、どこにいても落ち着かない感じがする。遊び飽きたからではない。最初から、これは違う、こんなことではないという違和感があった。人生がつまらなくなったとは信じたくない。なぜなら、彼は懸命に何かを探していたのだから。問題は、何を探しているのか自分でもわからないということだ。しかし、周りの人たちの生き方が自分の求めているものではないことだけは、はっきり感じている。

何かしなければと、頭の中で漠然と思っていただけではない。人生について真剣に考えた先人たちの著書を、かたっぱしから読み漁った。

長い歳月をかけて一つのことを深く掘り下げた人たちがどんな鉱脈を掘り当てたのかを知り、道しるべにしようと思ってのことだったが、そうしてみると、実に奇妙だった。奇特な案内人たちは長い歳月の間じっと座ったまま、鉱脈であれ鉱石の粒であれ、ただこねくり回していただけだということがわかったのだ。人生は、ただ生きるためにある。彼らはそう言っていた。何か隠しているに違いない。こんな意味のない不明瞭なことを言うのは、その背後に、口には出せない真実を隠しているからだと思ったが、それが何であるかわからないまま、貴重な時間が砂時計の砂のようにただ流れ去ってゆくことが恐ろしい。

いつも重要なもののように思い出すことが一つある。彼は、それを神の啓示だと思ってきた。大学に入った年の夏、何人かで郊外にピクニックに行った。真夏で蒸し暑く、雲一つ見えず、風もなかった。皆が散り散りになって木陰を探していた時、ある低い丘を上がった。突然、くらっとする感じに全身が包まれ、その場に立ち尽くしてしまった。まず脳裏をかすめたのは、いつだったか、同じ場所、同じ時間に、今感じているのと同じような感じに襲われてぼうっと立っていたことがあるという錯覚だった。しかしそれは明らかに錯覚で、そこに来たのはその時が初めてだ。すると全世界ががたがたと音を立てて動きを止めた。

静かだ。

すべてのものはあるべき所に置かれ、それ以上動くのは意味のないことのように思える。世の中が回り回って、最も望ましい箇所で歯車の歯がかみ合った瞬間のようだ。ふと女のことを思う。まだ恋人がいないということが頭に浮かぶ。しかしこの刹那に、女との愛などひどく面倒に思える。どこかの女が自分に永遠の愛を信じさせてくれてからすぐ死んで、自分は何の負担もなく満足感だけを持てるようになればいいのに。こんな考えが一瞬のうちに一度に、光線のごとくひらめいた。もっともこの神秘的な体験はすぐに終わった。どうしてあんな短い間に、あれほど複雑な考えが脈絡もなく一度に浮かんだのだろう。ずっと疑問に思っていた。いわば、いろいろな思いが、水に落ちた小石が一瞬のうちに広げる波紋のように、同じ場所で二重、三重になって浮かんだのだ。こんな一瞬を突き詰めてゆけば、世界の始まりと終わり、自分の足元から世界の果てまでが心の中の鏡に一度に映し出せるかもしれないと想像してみる。それは絶好の退屈しのぎだった。哲学科で学ぶことのうちでは、ギリシャの自然哲学者の学説に惹かれる。実のところ、それは学説というほどのものではなく、単なるアイデアだ。しかし、一見、幼稚に思えるその学説は、受け取る側の心の深さによっては、短い言葉で真実をついたものだと解釈することもできる。

不可解なことを解き明かしているような、唐突で短い文章の力と、夏の熱い日差しの下で経験しためまいとは、似たところがある。

もっとも、一瞬のうちに訪れるそうした祝福された瞬間は、あるマイナスの場で起こる夢なのだろう。プラスの場であっても構わない。絶え間なく動き、追わなければいけないとしても、そのように純粋で確かな感動に浸っていられる人生。明俊はそんな生き方を求めている。何もおもしろくない。興味を持てるようなものが探せない。胸が膨らみ頭の中が明るくなる、そんなものはないのだろうか。夢中になって、ずっと時間を忘れていられるような。


家はもう客でごった返している。栄美の男女の友人たちが部屋を出入りしているのが、広い庭ごしに見える。少しすれば、いつものように栄美が彼を誘いに来る。栄美との約束を守るために、鄭《チョン》先生の家に行けないのが悔しい。先日、たまたま道端で会った時に鄭先生は、ある日本人が持っていたミイラを購入したから見に来いと言った。ついて行きたかったけれど、その時は用事があって行けず、いまだに行けないでいる。話を聞いた日の夜は、ほとんど眠れなかった。何千年の昔に生きていた人間の遺骸というだけでも、驚くべきことだ。

何かおもしろいことがあるらしく、はしゃぐ声が秋の夕方のそよ風に乗って聞こえてくる。窓を閉める。広い庭を間に挟んでコの字形に建てられた日本家屋。傾斜のきつい、高い屋根の中ほどに出窓のある、屋根裏の四畳半が彼の部屋だ。彼はこの部屋が気に入っている。窓を開ければ、外はすべて瓦だ。傾いた所に閉じ込められたような感じがいい。これは日本式ではなく、絵でよく見る、西洋式の造りなのだろう。とにかく見た目はちょっと変わっているが、中に入れば落ち着いた雰囲気がある。庭はまったく日本式だ。池もそうだし、石で作った置物から築山まで、すべて元のままだ。この窓から外を見ながら空想にふけるのが一番楽しい。

晩春、陽炎が揺れる瓦の表面で、日光はさも意味ありげに渦巻いていた。きっちり描かれたデッサンを思わせる古い栗の木の、空に突き出した枝。澄んだ空に、ピンと音がしそうなほど輪郭線がくっきりと浮かび、穏やかな絵を鑑賞している気にさせてくれる、遠い丘の上に建つ民家。優しく言い聞かせるように降り続く五月雨《さみだれ》の音。人生がそっと忍び寄り、寂しくささやくような初夏の夜。暮らしを形づくっているそんな諸々のものが明俊にとってほんとうに意味のあるものになったのは、それほど昔の話ではない。それはこの窓辺でのことだ。生まれてからずっと見てきたはずなのに。人はある時期まで何も考えず、世の中の表面だけを見て過ごすのかもしれない。殻や白身に包まれた卵の黄身のように、自分と周囲との間に葛藤を感じていなかった時は、まだ幸福だったのだろうか。

カーネーション、ダリア、グラジオラス、カンナ。着飾った奥様方。今は、驚きや情を感じるのに、そんなたいそうなものは必要ない。何気ないことどもが、その何気なさの中からふと現れ、身の毛のよだつような驚異として迫ってくる。空想は心を乱すけれども、真剣に何かの行動を促すほどではない。それはむしろ甘美で、新しい知識をもてあそび、簡単なことを難しい言葉のベールで包むようなことだ。それでも、人形と戯れる少女ほどには幼稚ではないと思ってもらえないなら、自分がとても哀れだ。若い者がウサギのしっぽほどの知識を身につけたところで、人間として完成するわけはない。信念を持てない虚しさを慰めようと、力いっぱい生きる、滴る血のように一瞬一瞬を濃厚に生きる。何度転び、何度すねを擦りむいたとしても、無傷のまま老いるよりはましだと心の内で叫んではみるが、どうすれば精いっぱい生きられるのか、手がかりもつかめない。すねを擦りむくにはつまずく石が必要なのに、足にぶつかるのは、せいぜい栄美の飼い猫ぐらいのものだ。

生きがいが持てるなら悪魔と取り引きしてもいいと思っているけれど、それも悪魔の怖さを知らないから言えることだ。明俊は教授の講義を軽蔑している。神。このことを解決しなければ、何もかも無駄だ。ぜいたくを言っているのではなく、自分にとってその虚しさは切実なのだ。そう思いながら虚しさに向き合う。どんな本であれ、Dialektik（独）弁証法）のDさえ見れば、好きな女の名前の頭文字を見たように胸がときめくのを、内心では退役軍人が勲章を自慢するように誇らしく思っている。人生の川。流れから身を引き離し、流れる川を支える川底に立とうとする。時の流れの中で完結した意味を読み取り、虚しさを埋めようとする。しかし人生はお構いなしに流れる。愚かにも握りしめた川底の砂は、川が蛇行する地点でばらばらとこぼれた。何かしら結論が得られれば、思考という名の妖婦とは二度と寝ないと決心し、表情や行動をごまかすために心の中の鏡で化粧をしても、うまく紅が引けない。果てしない失敗を繰り返し、果てしなく後悔する。

失敗を避けるのはいいが、そうすれば自分という人間を理解できないまま自己満足するだけで終わるし、もっと手厳しい言い方をして、それが神に対して無謀な反抗だとするなら、心は身動きが取れなくなり、疲れ果ててくずおれる。世界と人生の意味を理解できない自分が哀れなように他人も哀れだろうと思う気持ちを、寛容という包装紙に包んでごまかし、神が願うという隣人愛の代わりとすることで妥協してしまう。

けだるさが雲のように積もったこんな思考の果てにうたた寝を楽しむ時、枕代わりになるのが、屋根の中ほどに突き出したこの窓だ。

足音が聞こえる。おざなりなノックの音がして、すぐ栄美が入ってきた。彼女の姿に、明俊は少し戸惑った。白いドレスから、若いプラタナスの幹のようになめらかな白い腕が伸びている。

「明俊兄さん、下りてきて。ね？」

彼女は甘えるように語尾を上げる。

「何しに行くんだ」

「馬鹿ね、何って、踊ったりおしゃべりしたりするんでしょ。今日はきれいな子がたくさん来てるのよ」

「さあ、僕なんか、行ったところで……」

彼女はいつものように明俊の腕を引っぱって立ち上がらせようとはせず、指でドレスの裾を持ち上げ、窓辺に頬杖をついて、しばらく黙っている。

「そうしてると、なかなか絵になるね」

それでも何も答えない。何かあったのだろうか。栄美がこういう態度に出ると困ってしまう。普段の栄美とは違うそんな態度も、捨てたものではないと明俊は思う。

「明俊兄さん」

「うん」

「兄さんは、これから何をするの」

「さあ」

「まあ、どうして教えてくれないの」

「ほんとうに、何かいい仕事があれば教えてくれよ。言われたとおりにするからさ」

「ほんと？」

「ああ」

「そうねえ……何がいいと思う？」

「僕に聞いてどうする」

彼らは声を上げて笑う。栄美はようやく立ち上がって彼の手を引っ張る。彼は黙ってついてゆく。彼女は頭を明俊の腕にもたせかけるようにしながら、一段ごしに足音を立て、踊るように階段を下りてゆく。

広い部屋ではソファが壁に寄せられ、青い照明の下、男女が組んで踊っている。ブルースだ。栄美は進み出て彼の肩に手を載せる。彼はダンスが下手なのに、彼女が上手だからか、わりに滑らかに踊る。手から伝わる温もりが、次第に彼を落ち着かなくさせる。こんなことのためにわざわざ時間をつくろうとするかどうかはともかく、誰だっていやではないはずだ。明俊は感情の高ぶりを抑えようとはしない。栄美のような環境にいれば、こんなふうに時間を潰すしかないのだろう。部屋の中には十五人ほどの男女がいた。

「考えごとしないで。ダンスが下手なくせに」

「うん」

曲が終わると人々は互いに離れ、栄美も彼から離れる。明俊はドア近くのソファに座り、煙草を出す。煙草がやたら苦い。寝転んで眼を閉じる。眼を閉じる習慣をつけよ、さすれば神に近づけるであろう。どこかで読んだ言葉が思い出される。神に近づく？近づいて、どうしようと言うんだ？

「明俊兄さん、きれいな方をお連れしましたよ」

眼を開けてみると栄美が、ちょっと痩せ気味ではあるが、言葉どおり涼しい眼をした女性と腕を組んで立っている。そう紹介されて顔を赤らめている様子は、悪くない。

「兄さんのことは、話しておいたから」

栄美は友達を押しつけるように明俊の横に座らせて去ってしまう。とっさに、気まずいそぶりを見せてはいけないと思い、自分から話しかける。

「栄美の同級生ですか」

「ええ、同じ高校です。大学は違うけど」

「大学はどこ？」

「〇〇大です」

彼は何学科かと尋ねようとして、尋問口調になっていることに気づき、口を閉ざす。

その時、また音楽が流れだした。

「踊りますか」

彼女は首をかしげてちょっと考えるようにしてから立ち上がった。栄美よりも上手だ。

「お宅はどちらです」

「仁川《インチョン》です」

「じゃあ、寄宿舎に？　ああ、そんなことを聞いては失礼ですね」

「構いません。下宿してます」

「……」

「住所は聞かないんですか」

「ははは」

栄美と似ているようでいて、どこかちょっと違う。


何時だろう。それ以上考える暇もなく、眠りから覚めた耳に、雨どいをつたう水の音が洪水のごとく迫ってくる。ザァーッザァーッと響くのが、大きな息遣いのようだ。顔を上げ、枕元にあるはずの置時計を手で探る。夜光塗料を使っていない古い時計は、どこにあるのか見当もつかない。

明かりをつければ済むことなのに、そうはしない。敢えて時間を知る必要もないのだ。闇の中で目覚めたまま横たわっていた。真夜中に眼が覚めるのは、実にいやなものだ。ひどくみじめだ。ひどく。いわば、いわば……。何度も繰り返した末に、何を考えようとしていたのか、忘れてしまう。おそらく、特に何か考えていたのではない。からっぽの頭の中を埋めようとでもするように、雨音がいっそう大きく響き始める。その音が、耳から全身に流れてゆく。ちょろちょろと耳元で泡立って流れ込み、頭の中、首、胸、腹、足先まで素早く、それでいてすみずみにまで浸透する。溺れた人のようにあえぎながら、起き上がって座る。頭の中がからっぽになり、雨音がやむ。長い間そんな姿勢でいたような気がするが、実はほんの短い間だ。立ち上がって電気をつけようかどうか、しばらくためらう。つけてどうする、こんな夜には本も読めないのに。いや、かといってもう一度眠ることもできそうにない。それなら、やはりつけるか。こんなことを考えはしたが、ただ考えてみただけだ。

何かくだらないことでも無理やり考えて頭を回転させなければ耐えられないような虚しさ。ついに電気をつける。突然明るくなった部屋は、むしろ気詰まりだ。

四畳半の和室は、一人で使うにはじゅうぶん広い。

本棚の前に立つ。ざっと見渡す。すぐに手に取りたいものはない。四百冊以上の本。選集や叢書、事典の類を除けば、一冊ずつ買っては最後のページまで読んだ本がぎっしり並んだ本棚は、一時は彼のすべてだった。月刊誌など一冊もないのが自慢だ。その時ごとに興味を引かれた本を買えば、次に何を読むべきかは自然にわかってくる。一方の壁を半分ほど占領した本棚を眺めていると、本を買った頃のことや、そうしてたどった精神の遍歴が鮮やかに思い出される。一冊一冊が彼の里程標だ。

本棚を見ていれば満ち足り、心強い気がしていた。裸体を覆うよろい、あるいは皮膚という感じもする。一冊増えるたびに体内に清潔な細胞が一つずつ増えていくようで、自分と本との間に生きた交流があると実感していた時があった。分厚い本の最後のページを閉じ、窓を開いて外を見る眼に、深い夜の静かな光景が、何かゆったりとした勝利の色に染まって見えたものだ。

そんな祝福された関係が、いつしか崩れ始めた。女を捨てる浮気者になったようで寂しい。今、こうして本棚の前に立っていても、すぐに手を伸ばしたくなるほど強い引力を感じさせる本はない。以前は、ページごとに輝いて見えた本たちなのに。一生を女遊びで過ごし、愛を誓って一夜を共にした女たちを一人一人思い出しながら、もう一度抱きたい相手が一人もいないことに気づく浮気者の晩年は、想像しただけでぞっとする。

恋愛という言葉に遍歴という言葉を初めてくっつけたのは誰だか知らないが、その人の意図はどうあれ、なるほど、どろどろした恋愛遍歴はありそうだ。栄美の兄、泰植も、嘘をつきながら毎日恋人を替えているらしい。恋人？　そんな間柄を恋人と呼べるのか。

気が利くところなど、金持ちの一人息子にしては上出来だと言える泰植にあまり情が湧かないのは、そんなことが大きく影響しているようだ。その気持ちを、冷静な心のスライドの上に載せて顕微鏡でのぞけば、意外にねたみの虫がうごめいているのかもしれないが、仮にそうだとしても、それで済むものでもない。女を抱くのは、男の欲望の一つだろう。ある者は、女よりケンカを好む。彼はアレクサンダー大王になり、ジンギスカンになる。ある者は物質の間にある、眼に見えないクモの巣を選ぶ。彼はガリレオ・ガリレイになり、ニュートンになる。浮気者にふさわしく、泰植はそれを知っている。ある日、街で泰植と偶然会い、一緒に家に帰った。彼はサクソフォンの入ったケースを小脇に抱えて歩きながら、キャバレーで働くことが学校で問題になっていると言う。彼らは気の向くまま中央庁（ソウル市世宗路《セジョンノ》にあった政府庁舎。日本の植民地時代に朝鮮総督府が置かれていた建物）を右に見ながら南山《ナムサン》を登っていた。運動着にハチマキをしたボクシング選手が両腕で交互にパンチを繰り出しながら、リングでするとおり、地面をこするように足を素早く動かしながら通り過ぎる。足の動きに合わせた呼吸が、獣のように荒い。手足を懸命に動かしながら遠ざかるその姿に、妙に感心した。明俊は、ぼうっと見ている泰植に言う。

「ああいうのも、楽じゃなさそうだな」

「孤独だからやってるんだよ」

明俊は、めまいがする。ボクサーと孤独を結びつける泰植の言葉が胸に迫る。

禅では、師匠が得体の知れない問いを唐突に投げかけると、優れた弟子が意味不明な解答をし、お互いだけが了解しているというふうな微笑を両者が浮かべることで、秘法が伝授される。そんな禅問答を連想させるほど、泰植の言葉は明俊の胸に響いた。その後、彼らは何かにつけ、孤独だからやってるんだ、出し抜けにそう言った。バスの後ろにぴったりくっついて走る自転車選手、ロータリーで交通整理をしている巡査、国産の機械でトウモロコシを弾いてポン菓子を作る男、すべてそう見えてしまうのには驚く。

一度、やはり道端に店を並べた占い師たちの横を通り過ぎた時に、明俊が聞いた。

「あの人たちは？」

「孤独だからやってるんだ」

「そうだな」

道端なのに、彼らは大声で笑った。

泰植は読書をひどく嫌う。自分なりのそうした悟りを、彼は女性経験から得たのに違いない。彼女たちのすべすべした腰から、濡れた厚い唇から、弾む乳房から、そして……女たちの身体を通して悟ったものが、明俊が睡眠を犠牲にした読書を通して得たものに匹敵するのなら、明俊は損をしたのだろうか。一冊の本で満たされたなら、別の本を読まないでも済んだはずだ。一人の女で満たされたなら、別の女に手を出す必要はないだろう。その点も同じだ。しかし本を取り換えることと、人間を取り換えることとを同列に考えていいのか。

新約聖書がふと眼に止まる。金色の背文字が眼についただけだ。手に取って適当に開いてみる。

——カイザリヤにコルネリオという人がいた。イタリヤ隊という部隊の百卒長であった。

（「使徒行伝」十章一節）

文章を眼で追っても、頭に入らない。神聖なはずの本を適当に開いたのに意義深いくだりは出ず、脈絡もなく眼に入ったのがイタリヤ部隊の百卒長コルネリオとは、何とも滑稽だ。再度試みる。今度、意義深いくだりが出たら、神を信じよう。夜中に目覚めたやるせなさから、いたずらを試みる。
――彼らがキリストの僕《しもべ》なのか。私は狂ったように言った。私は彼ら以上だ。私はもっと苦労したし、投獄された回数も多い……。（「コリント後書」十一章二十三節）

おやおや、こりゃまた、何のことだ？　パウロおじさん、冗談を言ってるんだね。結構なお年を召した方が、自慢だなんて。それでは神学博士たちが一生かけて解釈した、あの数々の名高い聖句は、この本の端から端までくまなく探したあげく、最も重々しいものを選んだということか？　いけない、それではいけない。神様の言葉なら、どのページ、どの場面、いやどの文字だって、読む者を一気に打ちのめしてくれなければ。話の筋を理解しないと重要さが判断できないなら、人間の言葉と何が違う。そう、この本は神様の名を借りて人間が書いたものだと言っていたな。それなら、話はまた……。まあ、やめておこう。彼は本を閉じ、元の場所に戻した。

だが、また手持ち無沙汰になった。すると雨音が再び聞こえ始める。泥棒猫のように足音を忍ばせて階段を下り、ガラス戸のついた廊下に行く。うす暗い電灯の下で、メリーという名の狆《ちん》の子犬が、彼を見て座ったまましっぽを振る。

顔を上げ、眼をきらきらさせる子犬の姿も、こんな夜更けには似つかわしくないように見える。人間なら布団があるからさっきまで寝ていたということもわかるが、犬だとそうはわからないし、人間なら乱れた服装や寝ぼけた顔で寝起きだと知れるけれど、もともとパジャマを着ない犬は、どう見ても寝起きの人間みたいなだらしない感じはない。犬の横にしゃがみこんで、頭をぽんぽんたたいてやる。メリーはクンクン鳴きながらいっそう激しくしっぽを振り、立とうとする。腰を押さえてお座りをさせ、手を出す。メリーはすぐにお手をする。もう片方の手を出す。メリーももう片方の足を載せる。右手、左足、左手、右足。何回やってもメリーは根気よく足を替えながらお手をする。

彼は決まりが悪くなる。馬鹿だな。メリーの頭を軽くたたいて、立ち上がる。廊下のガラス戸の外で、腕一本ほどの幅の空間がぼんやり照らされ、雨脚が霧のように白っぽく見える。下りてきた時と同様、そっと歩いて部屋に戻る。ふと、新聞のことを思い出す。

アカシア
生い茂る丘を
僕たちはよく二人で
歩いた

活字になった彼の気持ちは、頭の中にあった時よりよそよそしい。アカシアの丘を、どうして僕たちは二人きりで歩いたのだろう。孤独だから？　彼はぎくりとする。眼を覚まして今までぐずぐずしていたことが、突然滑稽に思える。すると夕方会った栄美の友達、姜允愛《カンユネ》の、あごの線の美しい顔が、ふと眼に浮かぶ。その顔は挑みかかるように笑っている。しなやかな彼女の腰の感触が、まだ手に残っている。栄美を通じて顔なじみになった女の子も何人かいたけれど、すぐに彼女たちの方から冷たくなってしまう。気が利かない明俊の態度が、彼女たちには生意気に見えるらしいし、栄美は栄美で、明俊をやたらに紹介してはいけないと思っているみたいに振る舞う。明俊は、女を相手にすることがひどく面倒に思える。彼女たちはたいてい年下だから、脳の中身などたかが知れている。どんな話をすればいいのだ。愛しています。永遠に？　愛だの永遠だのを、花屋に並んだ外来種の花の鉢を買うみたいに欲しがる彼女たちに、話を合わせることができるだろうか。実をいうと女に対して消極的になる理由は、性のためだ。性を避けているのではない。知識に関しては金魚鉢のように中身が透けて見える彼女たちが、性という観点から見ると宝石のように固い壁に化けてしまい、観察の光はその壁にぶつかり屈折して消えてしまう。

女も男と寝たいのだろうか。明俊はそれが一番知りたい。文学はこんな時、頼りにならない。男性作家の描くヒロインたちの欲情とは、つまるところ、男の心理を女に投影したもののように見えるからだ。男の主人公と女の主人公が出てきても、男の主人公が女の内面を理解できないのなら、彼は自慰をしているとしか思えない。男の愛はたいてい単純だ。大衆小説の悪者を除けば、男は女の金や地位を愛するのではない。女にほれる。女は違う。金持ちの愛人になる女を、耐えがたいことを仕方なく耐え忍ぶ沈清《シムチョン》（朝鮮の古い物語の主人公で、盲目の父の眼が見えるようにするため、自分の命を犠牲にする親孝行な娘）のように哀れに思う人がいるが、実のところ当人たちはそれほどでもないのかもしれない。彼女たちの愛には、意外に不純物が混じっているようだ。女とは、自分が何者であるかを理解できない動物に似ている。彼女たちの雑談を聞いていると、他人が恋愛するから自分もしたいという虚栄心を持っていることに気づくことがある。彼女たちにとっては、愛も飾りなのだろうか。明俊のこんな女性観は、長い間彼女たちの表情、言葉、身振り、さらには小説の女主人公たちを観察することから得た、ひどく貧しい果実だ。

女たちはよく、修道女になりたいという台詞を口にする。そんな時、彼は、彼女たちのきれいにセットされた髪やマニキュアで光る爪を見ながら、別種の動物を見ているような気がする。こんな動物がいるのか。どうにも気に入らなかったけれど、なぜそう感じるのかをちゃんと説明することは、いまだにできない。

男の身体はよく知っている。自分の身体だから。その中に燃える炎がどれほど熱いのかもよく知っている。皮膚の下で瞬時に燃える炎だ。しかし彼女たちの身体や炎は理解できない。自然科学というものは、自分にとって身近なことほど法則を見出すのは難しいらしく、生理学の本などまったく役に立たない。異性の欲情を知るのは、死なずして死を研究するのと同じようなものだ。理解できないから、彼は彼女たちにすんなり手を伸ばすことができない。ポケットに突っ込んだ両手は、恥ずかしい、無用の長物だ。男の欲望ははっきりわかるが、女というあのきれいな家の中にどんな部屋があるのかは、どうにもわかりかねる。明日の六時、允愛に会うことになっている。午後、鄭先生を訪ねてからにしよう。彼女の顔がまた挑みかかるように笑う。電気を消して横になる。いつの間にやら雨はやんでいた。

翌日、南山通りを歩いて鄭先生の家を訪ねる。人は一生のうち、ある時期に特定の人に大きな影響を受けることがある。その相手が、他の人の眼にはたいした人間ではなさそうに見えることも多い。鄭先生は考古学者であり、旅行家だ。

先生は四十過ぎの独身で、家政婦と共にこの広い韓国式家屋に暮らしている。歴史の裏話の大家で、著書『西洋史アラビアンナイト』『東洋史アラビアンナイト』の二冊はロングセラーだ。先生は鼻の周囲にちょっとあばたがあるけれど背丈も肉づきも普通だし、何よりリンカーンが見たら褒めてくれそうな顔をしている。リンカーンは、人は四十歳を過ぎたら自分の顔に責任を持てと言った。そういう意味で、いい顔だ。

先生は家にいた。南向きの書斎で机の上を探っていたが、明俊が入ってくると回転いすを回して向き直り、にっこりする。

「よく来たね」

「この前、見せてくれるとおっしゃっていた物を見にきました」

「そうあわてるな。ここは時間が失脚した家なんだ」

「いつも無政府状態で、よく暮らしてますね」

「無政府ではない。政府が多すぎるんだ。かつて地球上に存在し、崩壊した王朝が、みんなここに集まって連立政権をつくってるんだよ」

「僕がいつも気になっていることがあります」

「事典を調べないといけないことかな」

「いいえ。当ててみてください」

「棄権する」

「先生がどうして結婚なさらないのか、その理由です」

「それか。簡単だ。当ててごらん」

「棄権します」

「ははは。仕返しされたな。じゃあ教えてやろう。女を愛しすぎるからだ」

「そう言うと思っていましたが、どう考えても変じゃないですか」

「変な話だよ」

「先生の胸にある、その永遠の女性像を、ちょっと見せていただけませんか」

「李君、私を悲しませないでくれ。私はまだそれほど老いてはいないよ」

鄭先生は、ソファに来て明俊の横に座った。

「李君、友達が打ち解けたふりをして披歴する恋愛談を、真に受けるんじゃないよ。ほんとうに大切な話は、誰にでも打ち明けたりしない。打ち明けたとしても、かなり割り引いて話すものだ。君と私との友情とは違う。そんな告白をするのは相手に対する侮辱だ。聞かされる側がそれに劣る恋愛経験しかないなら、何となく自分の生涯がみじめに思えるだろうし、その反対なら退屈じゃないか。どっちにせよ、賢明なことではない」

明俊は鄭先生のその話が、一部だけを強調して別の何かを隠そうとするごまかしであることをよく知っている。しかし、嘘に真実が含まれていることも知っている。その嘘を指摘してしまえば、先生の魅力も死んでしまう。それは無粋なことだ。家政婦がコーヒーを持ってくる。先生より五、六歳上に見える彼女は、いつもほとんど口をきかない。かいがいしく先生の世話をする様子が、昔、偉い人に仕えていた下女のようだ。彼はモンテクリスト伯爵と、ギリシャ人奴隷エデを連想する。

「ミイラは?」

「こっちに来なさい」

鄭先生は隣の部屋に入る。そこは先生の寝室だ。ベッドのある方とは反対側の壁をほとんど覆うカーテンを持ち上げると、もう一台のベッドがあった。明俊はその上に横たわった人の姿を見る。傍らには、表面に絵が描かれた、ミイラの棺も置かれている。ミイラの身体に塗られた物質の表面には糸のように細いひびが入っており、全体的にあちこちが角ばっているような印象だ。女のミイラであることは手首と胸、腰の形から想像がつくが、柔らかいはずのあご、肩、腰の周りの線も、削ったように角張っている。いわば本物に何か一枚かぶせた彫刻のようなものだが、写真で見るギリシャ彫刻とはだいぶ違う。ギリシャ彫刻の線は柔らかく流れる曲線なのに、これは薄い板をたくさん重ねて作ったような感じだ。

建材のスレートで人間の姿を作ったら、こんなふうになるかもしれない。

「西洋人がエジプトで墓を盗掘していた頃、こっそり外に持ち出した物だろう。イギリスの金持ちが持っていたのが日本の貴族の手に渡り、今度は私の所に来たんだ。素人にはよくわからないだろうが、これは女で、高貴な身分だった。今から数千年前、この地球上で最も文明が進んでいた太陽の国に生きた貴族の女房が今、私の部屋に寝ているんだよ。田舎の果樹園を二つ売り払って買った。本来ならエジプトに返すべきだが、こんな例は珍しくない。西洋の金持ちの収集品の中には、弱小国の国宝級の古代遺物が相当含まれているのが実情だが、商人や当事国の間では公然の秘密として、それ以上問題にされない、いわば既成事実になっている。日本人が盗んでいったわが国の遺物を取り戻すのも、大変なことだ。ともかく、よく見ておきなさい。めったに人に見せない物だからね」

日光で色あせたラクダの糞の匂いがかすかに漂う荘厳な時間が、音を立てて身体の中に流れ込むような戦慄。下腹から恥骨にかけての線も、やはり不自然な感じは否めない。直線的な処理を施されているために元の姿を想像しづらい、固く乾いた人体は、病院のガラスケースの中でアルコール漬けになった人体のなまなましいおぞましさとはまったく違う印象を与えた。鄭先生は棺の蓋を持ち上げる。昔、この女が大理石のベッドで昼寝を楽しんでいた頃、彼女に仕えていた下女のように、うやうやしく。中は――からっぽだ。明俊は夢から覚めたように気を取り直した。カーテンを一枚隔てた所にそんな空白があったということが、嘘のようだ。応接室に戻るまで、二人とも口をきかなかった。

「時々先生のところでこんな刺激でも受けなければ、僕の生活は実につまらないものになりそうです」

「それは言い過ぎだよ。私が君よりもましなのは、私の方が少し金持ちだということだけだ」

「生きていると実感できるような生き方はないのでしょうか」

「君はまだカードをたくさん持っているじゃないか」

「カード？」

「ほら、ミスするたびにカードを一枚失うゲームがあるだろう。君はまだ一度もゲームをしたことがない。いや、私が誤解しているのかな」

「いえ、まだ一度もミスしてません」

「それならいいじゃないか。偉そうなことを言っても、私の手には実は一枚も残っていない。ひょっとしたら、カードは一枚しかなかったのかもしれない」

「失敗してみればわかりますか」

「それは保障できないね。だが、君は馬鹿ではないから、大丈夫だろう」

「僕はゲームをするなら、失敗しないつもりですが」

「それは迷信の中でも、一番の迷信だ。自分のカードをいっぱい握って墓に入るのは自慢できたことじゃない。あの世でそのカードを天国行き寝台車の切符と交換できるならともかく。しかしそれはノルブ（朝鮮の民話に登場する欲張りな男の名）みたいな奴のすることじゃないか。そんなふうに愛情を出し惜しみするのは美徳かい？　待て、私のことを持ち出して反論するなよ。私にはもともとカードが一枚しかなかったと言ってるんだから」

「わかってます。でも必ずしも恋愛でなくともいいんです。何でも構いません。肋骨がゆがむほど胸の膨らむ生きがいを感じたいんです」

「政治はどうだ」

「政治？　今の韓国の政治とは、アメリカ軍部隊の食堂から出るゴミをもらって、その中から缶をより分けてブリキを作り、木切れをいわゆる文化住宅の床材にし、残ったゴミを家畜の餌にしているようなものじゃないですか。そんな物で、きれいな屋根の家や、シュトラウスのワルツに合わせてダンスをする床や、デンマーク顔負けの牧場を作ろうというんですか。あのブローカーどもは、政治のマーケットで密輸入や闇取引をするためにギャングと結託した、闇のボスたちです。人間は、自分の密室の中だけでは生きられません。彼は広場に関わっています。政治は人間の広場のうち、最も荒れた場所ではないですか？

　外国では、何といってもキリスト教が政治の底を流れる澄んだ川のような役割をしているのでしょう。政治の汚物や残りかすをいくら捨てても、すべて流してしまうんです。都市で言えば、西洋の政治社会は下水道施設が完備しているということです。人が排泄しなければ生きられないように、政治にも糞尿はつきものです。そこまではいいんです。でも下水道と清掃車を準備しておくべきじゃないですか。韓国の政治の広場には、糞尿とゴミばかり山積みになっています。

公共の花壇の花を手折って自分の家の花瓶に挿し、噴水のノズルを取って自宅の便所に取りつけ、道路の舗装を剥いで自分の家の台所の床にしたりして。韓国の政治家たちは政治の広場に出る時、袋と斧とシャベルを持ち、覆面をして泥棒しに行きます。そして善良な通行人がそれを止めようとすれば、遠くで見張っていたギャングが広場から出る路地に突然現れ、その人を刺し殺すんです。そうして彼は泥棒から分け前をもらいます。彼はその金で女遊びをして、金がなくなれば、またナイフを持って広場に行きます。仕事がありますからね。そうして奪われ、血が流れたうら寂しい広場に出た黒い太陽は、血の色に染まってビルの向こうに沈みます。醜悪な夜の広場。欲と裏切りと殺人の広場。これが韓国の政治の広場ではありませんか?

善良な市民はむしろドアに鍵をかけ、窓を閉めています。飢えを免れるために市場に行く時だけ、仕方なく部屋のドアを開けます。一握りの米と一束の菜っ葉を買うために。市場、それは経済の広場です。経済の広場は盗品だらけです。すべて盗んできた品物。渡すまいと抗う痩せた手を斧で切り落として奪った一袋のジャガイモが、そこにあります。血まみれの白菜がそこにあります。強姦された女から剥ぎ取った、精液に汚れ、引き裂かれたドレスがそこに吊るされています。少しずつ貯金をして家計が豊かになってゆく、そんな話はもはや通用しません。針の先ほどの良心を守り、貪欲とのバランスを図ろうという資本主義の狡猾な倫理すら、ありません。売る人が買う人を脅迫します。韓国経済の広場には詐欺の霧の中に脅迫の火花が散り、虚栄のアドバルーンが浮かびます。文化の広場はどうかって？ でたらめの花が満開です。

また、そこではアヘンの栽培が盛んです。犬のように発情する技術を教える方法としては、個人指導と、少し大衆的な講習所の二種類があります。政治の広場ではいがみあっていた人たちが、裏道にたくさん造られた屋根つきの小さな広場、すなわちバーやキャバレーでは共犯者のように酒を酌み交わします。不正に得た金がばらまかれ、戸口でバイオリンを弾く卑屈な芸術家の顔に札束が投げられます。バレリーナたちはスカートを持ち上げるたび、紙幣を一枚ずつ争って拾い、ハンドバッグに収めます。そのハンドバッグの重さが彼女たちの名声のバロメーターです。どうしようもありませんね。彼女たちの練習場は奪われてしまったのですから。あの輝かしい花郎《ファラン》（新羅時代にあった、身分の高い青少年の修養団体。ここでは軍事政権の軍隊の比喩と思われる）の道場にされてしまいました。

詩人たちは理解の限界まで言葉をたたきのめしてサディスティックなカタルシスを得ます。彼らは貧しくて、ほんとうに書きたい対象である女に接することができないからです。批評家たちは、おい、お前がカフカと同じ体験をしたって？　嘘をつくな。あいつはニセモノだ。そう言って、国産カフカをめちゃめちゃになるまで殴りつけます。批評家とは、自分だけは舶来品だという妄想に捕らわれた哀れな狂人の別名ですね。こんなさまざまな広場について人々が持つのは、不信感だけです。人々が最も大事にしているものは自分の部屋、密室だけです。

誰しも、自分の密室にだけは一本のユリの花を飾りたいと願います。最後の隠れ家だからです。私たちには良い父親でした。国庫金をくすねた政治家を父親に持つインテリの娘さんの言葉に含まれる謎は、ここにあります。おお、良い父親。人民にとっては邪悪な公僕。個人だけがあり、国民はないのです。密室ばかり豊富で、広場は死にました。各自の密室は身分に合わせて、それなりに豊かです。アリのようにせっせと物を運んで飾りますから。

良い父親。フランスに留学させてくれた良い父親と、清廉な教師を解雇した邪悪な奨学官（教育委員会などに属する教育専門の公務員）。それが同一人物であるという逆説。誰も広場に留まりはしません。必要な略奪と詐欺さえ済めば、広場はがらがらになります。広場が死んだ所。これが韓国ではありませんか？　広場はからっぽです」

鄭先生は黙って聞いている。相槌も打たなければ、言い返しもしない。お互い、そのほうが楽だった。

鄭先生は銀のケースから煙草を出して一本くわえ、明俊にも勧める。ライターを差し出す先生の手は、震えているように見えた。

鄭先生がその瞬間、師の座から下りて友人になったことを、明俊はおぼろげに悟る。誇らしい反面、ちょっと寂しい。偶像を破壊した後に感じる虚しさ。

「そのからっぽの広場に市民を集めるラッパ手になれないか」

「自信がありません。暴君があまりに強くて」

「君も密室を飾ることに専念するという……」

「その中で十分準備ができれば」

「出てきて」

「殴り合いをするんです」

「それができなかったら、どうなる」

「それが実際のところでしょうね」

また会話が途切れた。話をすればするほど鄭先生の立場が下になり、明俊がやたら高慢になるのは明らかだ。

「ベートーベンは好きかい」

明俊は大きくうなずいた。鄭先生はレコードをかける。破壊的な嵐の代わりに、しなやかで明るいメロディーが静かに流れる。「ロマンス」だ。鄭先生は鬱憤をすべてぶちまけてしまったように、わざとそっぽを向き、いたずらっ子のようにふんぞり返ってみせる。明俊はにっこりする。

速度が光を反射しながら、土煙を上げて弾ける。

サングラスのせいで海底に沈んだように見える野や山が、眼の前に迫ってきては、瞬く間に後ろへ退く。

ソウルから仁川に向かう道路を、明俊はバイクで走っている。疾走するバイクに乗っていると、蒸し暑い七月の昼下がりの空気すら扇風機の風になる。去年の冬、栄美と一緒に来たことがあるから、允愛の実家を訪ねるのはこれが二度目だ。

明日になれば家では自分のことを探し始めるだろうから、その前に電話しよう。黙ってバイクを借りたことを、泰植は怒るだろうか。いや、大丈夫だ。それはあまり考えないでおこう。それより、允愛をどうするつもりだ？　栄美の話によれば、向こうはその気があるらしいぞ。俺なら愛してやるけどな。いい女じゃないか。泰植のそんな言葉が思い出される。バイクを拝借して允愛の元に走った明俊に、なかなかやるじゃないかと言って肩をすくめるはずだ。こんなことでもしなければ耐えられない、あの出来事。突然彼女に会いたくなって玄関にあったバイクを引っ張り出し、思い切りスピードを出しているけれど、彼女に会いたいだけではない。ただ、狂ったように走ってみれば、真綿で首を絞められるようなこの圧迫感から、少しは逃れられるような気がした。

栄美の父親から話を聞き、警察に二度行って以来、彼の生活は完全に乱されてしまった。ある朝起きてみると、彼は犯罪者になっていた。後をつけ回す黒い影。そんな生活が自分のことになってしまった。誰かが彼に復讐したらしい。生きるのが退屈だと不満を漏らした彼に、意地悪な誰かが、ちょっと痛い目を見ろと言って。いや、そんな夢の中のような恐怖ではない。背筋が冷たくなるような現実の恐怖だ。政治の広場から来た刺客が、彼の寝室の前をうろつくようになったのだ。バイクが大きく左右に揺れる。

仁川の街を北に抜けた郊外にある、レンガ塀に囲まれた允愛の家の門の前でバイクを止めた彼は、両足を地面につけてバイクを支えながら、空に雲が浮かぶ遠い海を眺める。僕はどういうつもりでここに来たんだ。彼は気配を感じてふと振り向く。

カラムシ（イラクサ科の多年草。茎から採れる繊維で織られた布は風通しが良いので夏の衣服に使われる）のチマチョゴリを着てコムシン（伝統的な履物の形をしたゴム製の靴）を履いた允愛が立っていた。允愛の眼を見て、彼は思わず顔をそらした。彼女は驚いたようだ。

「まあ、こんなに突然……。暑いのに、こんな所にいないで、バイクをこちらに入れて」

彼女は中に案内する。母屋の裏にある離れが彼女の部屋だ。板の間に置かれた籐椅子に座って向かい合っても、明俊は、氷水で冷やしたスイカにせっせと手を伸ばすばかりで、何も言い出せない。允愛は無心にうちわであおいでくれている。まるで、ずっと前からそんな仲だったみたいに。明俊は、わなにかかったような気がする。すると、突然、嘘のように気持ちが浮き立ってきた。

「驚きましたか」

「実は、そうです。家の前にバイクが止まる音がしたんで外を見てみたら……」

彼女はその驚きを言葉では表現しきれないとでも言うように、うちわをぐるりと回して、唇をなめるようなしぐさをする。明俊はスイカの種を手に出して、笑顔を見せる。

「ほんとに、うちに来てくれたの?」

明俊は皿の上で手を払って種を落とし、真顔になる。

「違います」

彼女の唇から色が退く。

「允愛さんの家に来たのではなく、允愛さんに会いに来たんです」

彼女の顔が、今度は赤くなる。明俊は、自分は今、適当なことを言っていると思う。どうしようもなく憂鬱な気分を解消しようと、でたらめを言っているのだと。せっかくここまで来たのだから、元を取ろうという心理かもしれない。こみ上げる感情もないのにそんな言葉がすらすらと口をついて出てくる理由を、他に説明しようがないではないか。あるいは、そんなおべんちゃらがいつの間にか身についてしまったのか。允愛はうちわであおぐ手を止め、指でうちわの骨をなでている。明俊はここが允愛の家であることを思い出す。自分は客だから、彼女のほうから話題を出してくれるべきだと考えてみる。突然訪れても不思議でないほどには親しくないせいで、二人の間には気まずい空気が漂っていた。去年の秋以来、互いに顔色をうかがい、常にもっともらしい言い訳を用意して、どちらからも本心をさらけだそうとはしなかった彼らの交際は、この夏まで一年近く続いたのにこれといった進展はない。一年といっても、会った回数はわずかだ。別れる時、どちらからも次の約束をしようとはしなかった。そうしてひと月、ふた月と過ぎ、何かの拍子に顔を合わせたりすると、妙な自尊心を傷つけないで再会できたことを、ひそかに喜んだ。

そんな時に、あのことが起きた。

新緑が濃さを増す五月のある日の夕方。明俊は栄美の父に呼ばれた。

銀行の支店長である栄美の父は、家で過ごす時間がほとんどなくて家族の誰ともあまり顔を合わせないが、特に明俊は、週に一度顔を見るかどうかだ。夜遅く門の前でクラクションの音がすると、続いて門の開く音が聞こえ、母屋に人が出入りする気配があるだけで、翌朝、明俊が食堂に下りていく頃には、もう家にいない。遅くまで外で過ごしても朝は定時に家を出るのを見ると、そんな力がどこから湧いてくるのか不思議ですらある。栄美の父の話は、まったく意外なものだった。

「今日、銀行に刑事が訪ねてきた。よくあることだから特に気にせずに会ってみたら、銀行のことではなく、君のことでちょっと聞きたいと言うんだ。刑事が言うには、君のお父さんが最近、平壌《ピョンヤン》放送の対南放送（北朝鮮が体制の優越性を韓国の人々に宣伝するためのラジオ番組）に出演しているらしい。調べてみると息子の住所がわかったから直接本人を呼んで調査しようと思ったが、お宅にいる人だからちょっと知らせに来たと言って、お父さんとの関係や、君の品行なんかを少し尋ねていったよ。近いうちに呼び出されるかもしれないから、そう思っておきなさい。たいしたことはないだろう。しかし君のお父さんも、息子のためを思えば、名前ぐらい変えそうなものだが……」

なじるように、語尾を濁す。

明俊は、不意に頭を殴られたような気がした。意図的であったかはともかく、これまで遠ざけてきたことをそんなふうに突然眼の前に突きつけられて、どんな顔をしていいかもわからない。解放の年（日本の植民地支配から解放された一九四五年）に北に行った父は、遠い存在になりつつあった。母は、父が北に行ってからどれほども経たないうちに亡くなった。明俊は、父の友人だった栄美の父に引き取られて過ごした数年の間、母のことは時折思い出しても、北で暮らしている父には会いたいとも思わなかったし、思い出しもしなかった。孤児同然の身の上だが、肉親が恋しいと思ったこともない。孤独だからといって父や母に会いたいとはちっとも思わない。それは年齢のせいだろう。親を必要とする年ではない。親を必要としなくなる年頃だ。両親を失ったとはいえ生活の苦労を味わうこともなく、栄美の父に庇護され必要な物は与えられていたし、そんなことで明俊を恐縮させるほど、栄美兄妹はケチな人間ではなかった。おそらく父親の金であって自分の金ではないからだろう。金がないから、明俊は金を知らない。面倒をかけているなどとは思いもしない。

栄美の父を自分の父が助けてやったこともあるのだから、身寄りをなくした自分が学校に通うぐらい世話になって当然だと判断して居座っているのではなく、そもそも金銭という面から自分の生活を振り返ってみたことがないのだ。金がなくては生活できないはずなのに、そんなことなど考えずに何となく生きてきた。自分の生活に必要な金。食べたり、寝る場所を確保したり、学費を払ったり、本を買ったりするのに必要な金というものを、一度も切実に感じたことがない。若く、貧しく、世間知らずの本の虫だ。

自分という存在の中には食べ物、靴、靴下、服、布団、寝床、学費、煙草、傘……そんな物は含まれていなかった。むしろ、そのすべてを取り除いた残りが自分だった。すべてを取り払った後にぽつんと残された、疑いようのない最後のもの。観念哲学者の卵・李明俊にとって意味があり、中身のある自分とは、そういうものだ。父が、明俊の自我の内容であるはずがない。母も明俊の自我の一部にはなれなかった。自我の部屋には明俊だけがいる。自我は広場ではない。それは部屋だった。囚人の独房のように、複数の人間は入れない、たった一人のための部屋。母が生きていても同じ部屋にいられなかっただろうし、彼らが会える広場は、今はもうない。母は死んだのだ。生きている人と死んだ人が共に使う広場は、まだない。父に会える広場に通じる道は閉ざされている。父が姿を現す広場は、別の街にある。そしてその間には機関銃が置かれている。最初からそこに行くことは考えてはならなかったし、行きたいと思ったこともない。彼は広場を信じていないからだ。突然聞かされた父の消息は、どのように受け入れればいいのかわからず面食らう、ある種の風聞のようだ。

二日後、明俊はS署の査察係（思想の取り締まりをする部署）の取調室で刑事と向かい合っていた。刑事は机に両肘を突いて、彼をにらむ。

「学校はどこだ」

「○○大学です」

「専攻は」

「哲学です」

「哲学?」

刑事は口をとがらせる。明俊は顔がかっとほてる。その言い方が気にくわなかったけれど、顔をそむける。刑事の背後に開いた大きな窓の外の、みずみずしいポプラの木の明るい若葉に眼をやる。五月。いい季節だ。こんないい季節に、自分は何をしにこの陰気な部屋に座って、普通なら煙草の火すら貸したくないような礼儀知らずの男にねちねちといやがらせを言われているのか。父のおかげ? 父さん、ありがとう。一緒に暮らしていた時も、いつも留守にして、何カ月も家を空けては突然帰ってきた父。新京(現在の長春)、ハルビン、延吉。少年時代を暮らした中国の都市。解放直後、何をしにあたふたとソウルに出てきたのだろう。もしソウルに来なかったら、母さんも死なないですんだかもしれない。

「そうか、哲学科なら、マルクス哲学も詳しいだろうな」

「え?」

現実に戻り、とっさにそう聞き返すと、刑事は握りこぶしで机をたたいて、

「この野郎、耳の穴に棒でも詰めてるのか? マルクス哲学も詳しいだろうと言ってる

んだ」

口調ががらりと変わった。明俊は目頭が熱くなる。

「どうして返事をしない」

それでも黙っている。

「なぜ返事をしないんだ。おい、俺が冗談を言ってるとでも思うのか」

ようやく口を開く。

「よく知りません」

「知らないだと？　自分の父親がマルクス哲学で大騒ぎしてるのに、知らないだと」

「哲学科といっても専攻がいろいろ分かれています。哲学を勉強しているからといって、マルクス哲学をやっているのではないんです」

「そんなことはわかっている。だがお前は父親があんなパルゲンイ（共産主義者に対する蔑称）だから、子供の時から共産主義の影響を受けただろう」

「父は、家でそんな話はしませんでした」

心が通じてこそ共に暮らせるものだが、彼ら父子はそんな暇もなく日々を過ごしてきた。

「そうか。便りはよくあるか」

「え？」

「おい、この野郎。聞こえないのか。言ってることがわからないのか」

明俊はまた口を閉ざした。燃えるものがこみ上げてきて、胸がむかむかした。

「何の便りですか」

「お前の親父の消息だ」

「どうやったら消息を聞けるんです」

「なんだと、このガキ。しらじらしい。俺が知るものか。自分が知ってるくせに」

「そんなふうにおっしゃられても、困ります」

「何？　困る？　こいつ、まだとぼけてるな」

刑事は椅子から立ち上がり、机越しにぐっと迫った。明俊は恐くなって、思わず両手で防御の姿勢を取る。

「手をどけろ」

明俊は恐怖のあまり、弾けたように立ち上がる。すぐ、顔にげんこつが飛んでくる。明俊はあっと叫んで後ろに倒れ、椅子に引っかかって横倒しになる。べたべたする鼻の下に手を当てる。鼻血だ。片手を床につき、片手を鼻に当てている姿勢がまるで犬みたいだと思うと、唐突におかしくなってきた。彼はくすっと笑う。すると、今までの恐怖が、嘘のように消えた。

「おや？　このガキ、笑ってるのか？　よし、そうくると思っていた。このパルゲンイめ」

今度は足で蹴ってきた。避けようとしたが、骨が折れそうなほど肩を蹴られた。得体の知れない明俊の態度に腹が立った刑事は、両方の足で交互に蹴り続けた。肩、腰、尻に肉体的な侮辱を加えられていると、明俊はかえって冷静になってきた。ああ、これか、革命家たちもこんなふうにやられたんだろうな、ふとそんなことまで思い浮かぶ。人生の道理は、身体で理解するのが一番の早道だ。父さんも？

初めて父という存在を身体で感じた。

「大げさに痛がってないで、起きろ。お前みたいなパルゲンイの一匹ぐらい、誰にもわからないように始末できるんだぞ。これでも食らえ」

　明俊の胸ぐらをつかんで立ち上がらせて殴る。明俊は再び倒れる。

「起きろ、起きてそこに座れ」

明俊は起き上がって椅子に座る。

「どうだ、ちょっとは眼が覚めたか。聞かれたことに素直に答えろ。困るだと？　この野郎」

　明俊は刑事を見る。刑事は手についた血をちり紙で拭きとっている。明俊は手を鼻の下から離し、開いてみる。血の塊が泥のようにねっとりしている。血。自分の血。胸の中で、それとまったく同じ色の炎が上がる。その炎を見つめる。

　炎は彼の自我のドアにしがみついて燃えている。その火を消そうとは思わない。ドアを壊し、敷物をのみ込み、ベッド、机、カーテン、棚に置かれたトルソーまで焼き尽くす炎を。

「捜査に協力してくれさえすれば、お前には罪がない。親父の罪をお前が代わりに償えば、それなりに国に対する義務を尽くすことになるし、もっと大きな意味では、息子としての道理も守ることになるじゃないか」

哀れな悪党よ、勝手にほざけ。

「そうだろ?」

また逆上したように言う。

「はい、そうです」

怯えたような自分の口調が悲しい。

「煙草は吸うのか」

「はい」

「一本どうだ」

彼は明俊に煙草の箱を差し出した。

「今は吸いたくありません」

刑事はそれ以上勧めず、自分だけ煙草に火をつけてひと口吸い、煙を吐き出す。仕事にひと区切りつけて休憩しているような態度だ。恐怖が燃えるだけ燃えて残った灰の山に憎悪の冷たい雨が音もなく降り、残った灰をすっかり湿らせながら明俊の全身に浸みてゆく。歯ぎしりをするような憎悪というより、冷静だが骨身に浸みる憎悪。

警察署を出て裏山に登る。木陰にしゃがみこむ。日に日に長くなる初夏の日差しは、まだ強い。シャツの胸が血だらけで、大通りを歩くことができない。そんなひどい格好のまま帰らせた刑事の仕打ちが、殴られたことよりも腹立たしかった。市民が血まみれのシャツで警察署を出ても、彼らは気にしないということだ。その格好で歩くのを誰に見られようが、どうでもいいということだ。明俊は震える。パルゲンイの一匹ぐらい、誰にもわからないように始末できるんだぞ。闇から闇に、薦《こも》にくるまれた自分の死体が埋められるのが見える。僕は法律の外にいるのか。財産、心、身体を守ってくれるはずの法律の圏外に存在する、ある種の条理。膝を抱いて座っている明俊の足元で、数匹のアリが、自分の身体よりずっと大きい虫を転がしている。明俊は足でアリを踏み潰す。草と土に埋もれ、跡形もなくなるまで踏みにじる。最後には手のひらほどの面積の土が混ざり、虫もアリもすっかり消えてしまった。あの虫のように、誰かの巨大な足が李明俊を踏み潰し、跡形もなく消してしまうなら？　いや、さっきの刑事は、ほんとうにそうできると言った。法律がある。市民の生命が、そんなふうに闇の中で扱われるわけがない。ふと、ある考えが浮かぶ。さっきの刑事を暴行で訴えよう。しかし、すぐに首を横に振る。以前、目撃したことが思い浮かんだ。汽車の中での出来事だ。ある人が乗務員席に座っていて、別の人が床に正座していた。乗務員席に座っている男は黒いサングラスをかけていた。席が離れていたから聞き取れなかったけれど、サングラスは何かひとこと言っては正座した人の頬を殴る。何か言っては足で膝を蹴り、膝であごを蹴り上げる。彼らに注がれていた車内の視線は、すぐに元に戻った。見てはならないものを見てしまったように。殴られているのが自分でなくて良かったというように顔をそむける不人情な人たちに交じって、明俊も死んだように息を殺していた。今思えば、あのサングラスの刑事の行動は明らかに、ある権力に全幅の信頼を置いていることを示していた。そうでなければ、衆人環視の中で容疑者――だか何だか知らないが――を床にひざまずかせて殴ることなど、できるはずがない。財産と心と身体を守ってくれる法律の、圏外にある命。彼は脚を伸ばして横たわる。青い空。いい季節だ。そこここに綿のような雲がぽっかり浮かんで流れる空は美しい。ふと、戯言《ざれごと》を思いつく。

いい季節
哲学徒は
何のためにもならない
鼻血を出したが
祖国の空は
めったやたらに美しい

涙が頬をつたう。腹立たしく、悲しい。何のためにもならないのに。父のためか？なぜか、父のために殴られても構わない気がする。身体がそう語っている。遠く離れているはずの父が、すぐ横にいることに気づく。彼の身体の元となった一匹の精虫の生産者であるということを抜きにしても、父は彼としっかりつながっていた。父は彼の隣の部屋にいた。隣の部屋に住む父を憎む人たちが、明俊の部屋のドアを壊して侵入し、父の代わりに彼を殴りつけたのだ。遠くにいる父が自分に鼻血を流させるとは。これは何を意味しているのだ。空高く、トンビがぐるぐる飛び回っている。どこからか、のんびりした鳥の鳴き声が聞こえる。明俊は、憤るはずの自分がこんなに落ち着いた気持ちになるのが不思議だ。冷たい笑いが心のてっぺんで霧のように湧き起こり、下へ下へと押し寄せてぞくぞくと身震いをさせる。いつの間にか日が沈み、眼の前に見えるＳ署の建物のどの窓からも明かりが漏れている。もう裏道を選んで歩けば、無様な格好を人に見られずに帰れるが、すぐ立ち上がる気になれない。手で顔をなでてみる。眼や口の周りが腫れている。舌で上唇をなめる。さっきの刑事は、まだあの建物の中にいるだろうか。彼は初めて会った僕を、どうしてあれほど憎んだのだろう。あれほどひどいことをされるとは思わなかった。栄美の父の顔を立てて、それほどひどい扱いはしないだろうと信じていたのに、容赦なく殴るなんて。どうしてだろう。これまで見誤っていたことに、うすうす気づく。誤認。心がそう語る。自我の部屋のドアが壊れる音がする。あれほど頑丈だと思っていた部屋のドアが、ノックもなく乱暴に開けられ、土足で入ってきた盗賊が彼を容赦なく殴った。僕の部屋なのに。あいつはどうしてあんなに横柄になれたのだろう。見誤っていたのは明らかだ。見誤っていたのが明俊の側であれ、刑事の側であれ。〈法律〉が、そう語っている。

一週間後、明俊は再びS署に呼び出され、刑事室に行った。今度は他の刑事たちもいる時間だ。明俊を担当する刑事の隣に座った、碁盤のように四角い顔の男が、明俊をちらりと見て尋ねる。

「こいつは何だ？」

「李亭道《イヒョンド》氏の御子息だよ」

「李亭道？」

「李亭道って誰だ」

隣の隣に座っている男も、書類から眼を離して話に加わる。

「朴憲永《パクホニョン》（一九〇〇～一九五五。日本統治下での独立運動を経て解放後の韓国で南朝鮮労働党の指導者となった。その後、弾圧を逃れて北朝鮮に移ったが、朝鮮戦争停戦後、金日成《キムイルソン》によって粛清された）の下で共産党の活動をして、北に逃げた奴だ」

離れた席から声がした。

「うん、知ってる。最近、民主主義民族統一戦線だか何だかといって、対南放送に出てる奴だろ？」

「そうだ」

「このガキが、そいつの息子か」

わっと笑いが起こる。明俊はうつむいて足元を見下ろす。父の名が笑われている中で、父に対する愛情が生まれるのを感じていた。殴られ、血を流しても、前のように取調官と二人きりでいるほうがましな気がする。大勢の笑いものになるのは、いっそうつらい。

「それで、こいつは何をしてるんだ」

「哲学者だってさ」

「哲学？　アヘン中毒者みたいな感じが、それっぽいな」

「こういう手合いの考えることは、よくわからないよ。俺の査察係での勤務経験からすると、過激なパルゲンイの中に、こいつみたいなのが結構いる。見た感じは虫も殺さないように見えるだろ。こんなことがあったよ……」

そいつは明俊をそっちのけにして仲間のほうに向き直り、経験談を話し始めた。明俊はその話を聞きながら、再度驚く。彼は自分の全盛期だと言って、植民地時代に日本の特高刑事として左翼を取り締まっていた頃の話をしたのだ。彼は、特高が韓国の警察の前身ででもあるように話している。まるで植民地時代に学生生活を送った先輩が、その学校の後身である学校に通う後輩を相手に、自分が運動選手として活躍していたと自慢するような調子だ。明俊は日本の特高警察に来ているような錯覚にとらわれた。刑事の話はそれほどまでに、過去と現在をごちゃ混ぜにしている。パルゲンイを捕まえることに関しては、今も植民地時代も同じだと思っているのは明らかだ。日帝（日本帝国主義）は反共だ。われわれも反共だ。だから同じだという、三段論法。彼は何度も「アカ」という日本語を使う。彼の意見では、パルゲンイはどんなに手荒く扱っても構わない。彼は、昔は良かった、昔はもっと勢いがあったという。明俊は、だんだんわからなくなる。昔が良かったって？　朝鮮王朝のことか？　高麗？　新羅？　三韓？　でなければ、エデンの園の話か？　いや、こいつがそんな懐古趣味を持っているはずがない。それは日本に支配されていた時のことだ。刑事は二十分以上も明俊をほうっておいたあげく、ようやく向き直った。

「よく考えてみたか」

「え？」

「このガキ、ものわかりが悪いな。大学で哲学まで勉強してるのに、どうしてそんなに勘が鈍い」

「……」

「おとなしく白状する気になったかと聞いてるんだ」

明俊は、一瞬顔を伏せてから、まっすぐ前を向いて口を開いた。

「前にも申し上げましたが、僕を誤解なさっているようです……。ええ、最後まで聞いてください……。誤解されているようですが、父は家では全然そんな話をしなかったし、越北《ウォルブク》（南北の境界を越えて北に行くこと）した時も、最初の何カ月かは母も僕も、まったく気づきませんでした。父は、以前から家を空けることが多かったものですから。そのうち帰ってくるだろうと思っていて、後になって知ったんです。その後、母は亡くなり、僕は辺成済《ピョンソンジェ》さんのお宅にお世話になって今まで過ごしてきたので、父の消息は、知りようがないんです。この点については辺さんも、よくご存じです」

だが刑事は、最初から耳を傾けようとはしない。マッチで耳をほじったり、小指の先を鼻の穴に入れたりしてそらとぼけていたのが、辺成済という名前が出た途端、口を挟む。

「辺さん？　辺さんは、そこまでは知らないと言ってたぞ」

明俊は、どきりとする。明俊が何となく影響力がありそうだと思って出した名前にすかさず反応するところを見ると、この刑事は、聞き流しているように見えても、要点は決して逃さないのだ。ふてぶてしいオオカミを見ているような気がする。辺さんが言った言葉を利用して、カマをかけようとしているのかもしれない。黙っていてはいけないと思い、言葉を続ける。

「もちろん一つ屋根の下にいても、一挙一動をすべて知っているはずはありませんが、僕の生活は単純なんです。僕が一番よく接触する場所といったところで、結局は学校しかないし、それ以外の交友関係も、調べてごらんになればわかります。何の罪もないのに追及されるのは、ほんとうに苦痛です」

〈一挙一動〉だの〈接触〉だの〈交友関係〉だのという、取り調べでよく使われる用語が、すらすらと口をついて出る。

「一番親しい友達は?」

明俊は少し考えた。

「あまりいません」

「何だと? 一人ぐらい挙げてみろ」

「そうですね。特に親しいのは……。しいていえば、辺泰植……」

「辺泰植?」

「何をしてる人だ?」

「辺さんの息子さんです」

「おい、こいつふざけてやがる」

横から、ふん、という声がする。

「辺さんの陰に隠れれば安全だってことだな。つまらない小細工をするんじゃない。俺の経験でも、お前みたいにおとなしそうな顔をした奴に限って人をだますもんだ。新米だった頃には、よく引っかかったよ。しかし今は違う。お前みたいな奴の相手をしたのが、一度や二度ではないんだ。腹の底までお見通しだぞ。この野郎」

だから、どうしようというのだ。首を絞める彼の手は、なかなかにしつこい。恐怖が少しずつ、はっきりとした姿を現してくる。

その後、もう一度呼び出されてからは何の音沙汰もない。明俊は毎日を、心配という埃が立ち込めた空気を呼吸しながら暮らしていた。そうしながら、ずっと内から叫び続けている声がある。李明俊、さあ、生きがいのある人生がついに君のものになったんだ。肋骨がゆがみそうなほど胸いっぱいの不安に生きることができるじゃないか。一日の時間が暗い恐怖で色濃く塗られた、充実した時間になるってことだ。君があんなに欲しがっていたものじゃないか。もう、退屈だと言うのはやめろ。からかう声だ。彼はその声を殺そうと酒を飲む。飲めば飲むほど、頭は冴えてくる。押さえつけるような空気に耐えられず、唐突に思い浮かんだ允愛の姿を追って、ここまで来てしまった。

允愛が夕食の膳を自分で持ち、二列に並んだ丈の高いカンナの垣根を回ってくる。

明俊の分だけだ。

警察署で刑事に殴られて以来、しきりに自分のふがいなさばかりを思う。それだけが理由ではないが、突然訪ねた自分をせっせと世話してくれる心遣いが、とてもうれしい。

明俊は虚勢を張るようなところがなくなり、ここ数日の間にひどく弱った感じがする。身体がひとりでに何かを学んだらしい。これまで頼ってきたのが何であれ、僕は信じられないものを信じてきたのではなかろうか。少なくとも僕の部屋の鍵は、おもちゃだったようだ。允愛に相談してみる。

「僕はもう帰ろうかと思います」

允愛は彼をまじまじと見る。

「どうして？　もう遅いのに」

「ヘッドライトがあるから大丈夫ですよ。夜は交通量が少ないから、スピードも出せるし」

「まあ、変な人」

変になっている理由を、打ち明けられないのがつらい。

「そうですか」

「そうですかって。こんなに遅く。ロードレースの選手になるつもりなんですか」

彼女はけらけら笑った。

「どうしても帰るなら、明日になさい。何日泊まっても、うちは構わないけれど」

「何日でも？」

「一人ぐらい増えても、食べ物には困りません」

「じゃあ、夏じゅうここで世話になろうかな」

「そうなさいよ」

手を打って喜びそうなほど、うれしそうな顔をする。

「お宅の都合は……ははは、居候が増えてどうのということではなく、ご両親とかは、大丈夫なんですか」

「私、言いませんでしたっけ」

「何を」

「うちは家族が少なくて気楽なんですよ。去年も来たくせに。私は一人娘なの」

「男兄弟は？」

「いません」

「へえ」

「ふふふ。へえって、気に入らないの？」

明俊は思い切り笑った。こんなに楽しいのは数日ぶりだ。

「じゃあ、こうしましょう」

「どうするの」

「僕はいったん帰ります。知らせてこなくちゃ」

「それがいいですね。じゃあ、明日、帰って、また」

「はい、明後日、遅くともしあさってには戻ってきて、またしばらくお世話になります」

「お世話、お世話って言わないで。主人である私がそうしてほしいと思っているんだから。無理矢理押しかけてくるみたいに言わないで。それより、もういいかげん、上着をお脱ぎなさい」

決めてしまうと、すっきりした。夏に何も予定がなかったのが、仁川で過ごすことになるのだな。考えてみれば、望んでもなかなかそうできるものではない。まさか允愛の家でひと夏過ごすことになるとは夢にも思っていなかったから、どうにもそわそわする。

栄美が驚くだろう。ともかく、しばらくソウルを離れていられることがうれしい。静かな田舎でゆったりと過ごしていれば気持ちも落ち着いて、いい考えも浮かぶと信じたい。疲れているだろうから早く休めと言って允愛が母屋に戻ってからも、あれこれ考えて何度も寝返りを打っていたが、絶え間なく眠気が押し寄せ、いつしか眠りの波の中であえぎ、ついに深い眠りの底に沈んでしまう。

予感という言葉がある。昔からある言葉で、今もそのまま使われている。誰でも一生のうちに一度や二度はこんな感じを経験するが、今、明俊がまさにそうだ。自分の努力と関わりなく何かが近づいていると皮膚で感じるのを、予感と呼ぶ。適当な言葉がないから今も予感と言っているが、その仕組みが明らかにされない限り、今後もそう呼ばれるのだろう。しかし明俊の場合、その予感の中身は必ずしも予想できないことばかりではない。国や世の中の将来ではなく、自分のことだから、何といっても自分が一番よく知っている。自分の人生の果実が木でじゅうぶん熟して枝から落ちる前には、新しい動きを準備する息づかいが自分の中から漏れ聞こえてくるものだ。壁の厚い部屋の中で交わされる会話が、聞く人をいら立たせるのが事実であるなら、ふと面倒になって盗み聞きをやめようと思うこともあり得る。明俊は自分の外で、また中で、大切にしていたものがゆっくりと崩れていく音を聞いている。夜中に目覚めた時、木造の家が乾いてきしむ音を聞くように、しっかりとした壁にひびが入る気配に気づいている。そう簡単に崩れるとは思っていなかったけれど、どうすることもできない。静かな崩壊。彼は待つしかない。どうすることもできないし面倒でもあるから、ただ心を乱すばかりで、身体を起こす気にもならなかった。実のところは、怖くて怯えていたのだ。

允愛にも告げず、よく一人で街を歩く。麦わら帽子を目深にかぶって、埠頭沿いの通りを見物するのが楽しい。允愛も、殴る刑事も、父もいない。生臭い魚市場で、氷漬けにされた魚を見ながら、ただ時間を過ごすのが好きだ。屋根の明かり窓から差し込む日差しの下で、氷に冷やされ眼を開けている、銀のうろこがきれいなイシモチを見ていると、美術などというものがいかにも貧しく思えるような、しみじみとした感動があった。買い物客には見えないのか、ほうっておいてくれる市場の人たちが好きだ。あまりにも他人を気にしながら生きてきたな。みんなに良く思われようと。女は生まれながらに、夫や恋人以外の男にもしっぽを振る娼婦のようなものだという言葉があるが、つまらない言い草だ。女よりみみっちい男だって、いくらでもいる。僕みたいなのが、まさにそれだ。男はたくましくないといけないって？　女は優しくないといけないって？　くだらない。遥かな昔、森の中で石斧を使って獣の額を割っていた頃の話だ。たくましくなりたくとも、そうなるチャンスがない。考えてみると、文化という言葉も、理不尽な思い込みだらけだ。男は雄々しいという。雄々しいというのが、スポーツか何かのきびきびした動作くらいの値打ちしかない時代に、まだそんな思い込みが残っている。男は雄々しいふりをしようとする。恋人の前で、強いオスであることを見せようと努力する。なぜなら、女が望むから。それがどれほど無理な願いなのか気づかない女の機嫌を取るため、牛の角に突かれて血を流すスペインの闘牛士のように、男は倒れる。今日の世の中ほど、人が英雄として生きられない時代もない。人間が変わったのではなく、条件が変わったのだ。条件を抜き取っても、中身が残っているというのは、美しい迷信だ。英雄のごとく生き英雄のごとく死ぬための種が、僕にも埋もれているだろうか。それはわからない。ただ、この黒い太陽が照らす暗い広場では花を咲かせられない種であることだけは、確かなようだ。そんな広場に市民たちを呼び出すラッパ手こそ、まさに……。生臭い、日に焼けた女たちが、魚を串刺しにして籠に移しながら、しわがれた声で数えている。ひとーつ、ふたーつ、みぃーっつ。歌うように数える声は、男女の区別を忘れさせる。あの女たちも、たまには人生の意味を考えるだろうか？　おそらく、そんなことはしない。哲学は暇な時間から生まれるという。起源はともかくとして、教育を受けた人々は、身についてしまった、考えるという習慣を捨てることはできない。魚のエラのような思考を取ってしまったら、彼らは死ぬ。エラを取らずに問題を解決するのが、現実に即したやり方だ。

個人の密室と広場が通じていた頃、人は、気は楽だった。広場だけがあり、密室がなかった僧侶や王たちの時代、世の中は何事もなかった。密室と広場が分かれた時から、苦しみが始まった。命を埋めたい広場をついに探せない時、人はどうすればいいのだろう。

この家に来た当初、允愛の眼に燃え上がった炎は、その後ずっと見られない。彼女は三回に一回は、明俊の気ままな散歩についてくる。油が浮き、木の切れ端や空き瓶が浮き沈みする船着き場の楽しさを語っても、彼女はただ聞いているだけだ。明俊のそんな経験に、心を惹かれているのだろうか。彼女はどちらとも取れるような、落ち着かない顔をしている。そんな時、明俊はふと、恐ろしくなる。人が他人を知っているというのは、大いなる錯覚だ。人が理解できるのは自分だけだ。だまされたとか、裏切られたとか言うのは、貸してもいない金を返せと迫るようなものではないのか。人は、愛という言葉の中に、そうあってほしいという願いをすべてこめる。誤解と虚しい願いと虚しい思い込みでいっぱいの言葉が、愛だ。とてつもない哲学体系を築き上げた哲学者は、老境に入って本心を打ち明ける本を書き、その結びの言葉に愛を持ちだす。言葉の綾で巧みにごまかす、際限のない繰り返し。哲学とは、それほど貧しい衣装だったのだ。允愛の淡々とした表情は、哲学者の卵、李明俊にとって、華やかなワンピースを着て手の届く場所につつましやかに立っている〈物自体〉（カント哲学の中心概念 Ding an sich）だ。

柔らかい肌が壁のように取り囲んだこの物体を所有してみようという衝動が、ふと起こる。すると、いつか夏の日に野原で経験した神秘的な戦慄が、電流のように流れる。

「汚い物が突然美しく見える時が、僕は一番うれしいんです。眼が開かれたとでも言うか」

「汚い物でないといけないんですか？」

「美しい物が美しく見えるのは当たり前のことです。でも汚いとしか思えなかった物が美の領域に浮き上がって見えるのは、心が一つ高い段階に移ったということです」

「そうでしょうね」

おお、そうでしょうね、だと。この空虚な返事。お下げ髪が風に吹かれる雲のようになびく横顔を見ながら、明俊は得体のしれない憎悪がこみ上げるのを感じる。

「海と山、どちらが好きですか」

「どっちも好きです。山は山で、いいし……。そうじゃない？」

主よ。このからっぽの頭を許したまえ。七の七十倍まで許したまえ（「マタイ」十八章二十二節）。明俊は、たった今煙を吐いて彼らの前を出ていった、小さな汽船に眼をやる。こんな言葉は彼女の心に響かないらしい。いくら電波を送っても、相手の受信機が壊れていたり、周波数が合わなかったりするなら、その電波は届かない。愛をもって教える？

「海辺に立っていると、このままどこかに行ってしまいたくなるの」

流行歌を歌っているのか。すり減ったレコード盤から流れる、「この江山落花流水」（「落花流水」という流行歌の一節）を。これほど美しい女性が。国文学を学ぶ学生が。かわいいという気がした。僕の話も流行歌だな。本人にとってはいくら胸にこみ上げる話でも、他人の耳には流行歌にしか聞こえないのなら、何を言ったところで同じではないか。そう思うだけの判断力はある。

「行ったら、苦しみのない場所があるでしょうか？」

「わかりません。あってもなくても、行ってみたい」

「わかるような気がします。夢ですね」

「夢。人は夢にだまされて生きているのだと思うの」

「どうして、だまされて、なんて言うんです」

「ただ、だまされるんです。結婚も恐い。家ではうるさく言うんだけど」

「さて、恐いというのは僕もわかりますが、人類の誕生以来あったことだから、避けて通れないんじゃないですか。僕は時々、老人を見て思うんです。自分の手で命を絶つこともなく、あの年まで生きたというのは、ともかく立派なことだと」

「立派なんじゃなくて、仕方なく生きたんでしょう」

明俊は気持ちのとげが抜けて、寛大な気持ちになってゆく。どうしてこんなに気分が不安定なのだ。憎しみと愛が交互に湧き上がるいらだたしさが、自分の不安な立場を物語っていると、知ってはいる。そうであれば、広場から追い出した暗い影は、このにぎやかな港にまで、彼を追いかけてきているということだ。そうだとしても允愛に八つ当たりする理由はなかったが、後悔しながらも、いつも同じだった。允愛に優しくしようと努める。世話になっているくせに、意地悪などするものではないと悔やむ。

その日もいつものように午後二時頃、太陽が照りつける時間に家を出た。誰かがついてくる気配がして、振り向く。允愛だった。明俊は立ち止まって彼女を待つ。

「どうしていつも一人で出歩くの。これでは、私に会いに来たんじゃなくて、私のうちに来たということですね」

黄色い日傘の下で彼女が笑う。明俊は頭をかきながら、彼女に歩調を合わせる。

「今日は船着き場じゃなくて、別の所に行きましょう」

彼はただうなずく。船着き場の横の坂をかなり登った。明俊は、こんな時は男がリードすべきだと思う。自分が手を差し出せば、彼女は応じるだろう。拒絶された時のことを考えると、ためらわれる。せっかく紳士としてもてなされていたのに、盗賊に変貌するのには、勇気が必要だった。盗賊。

奔放に生きた人たちの感じたスリルを味わうための場所を、明俊は探せないでいた。彼はブリンカーをつけた馬車馬のように視野を狭められ、日差しの強さにいら立ちながら窮屈で退屈な山道を駆けるような日々を過ごしてきた。近年、数多く開かれている政治集会のどれにも参加しなかった。理由は二つある。起こっている出来事の意味をよく理解できない。あまりにも大きなことに、あまりにも多くの人々が、あまりにも断定的なことを言っている。神様の書類を見てきたように。哲学から学んだものがあったとするなら、ほんとうに知っていること以上に声を高くしてはいけないということだ。何でもないことだが、高い声だけが聞こえる所では、争う気のない人のように見える。二つ目は、もう少し現実的な理由だ。越北した父を持つ明俊は、用心しなければならない。今、一人の女を征服してみようという考えは、罪深い陰謀のように彼をそそのかす。新しい地平線に立った人の、新しい力が湧いてくる。彼らが着いたのは、左手に村を望む小高い丘の上の窪地《くぼち》だ。右手遠くの船着き場や街はケヤキの老木に遮られて見えず、前方にだけ開けた視線の先は、船着き場のにぎわいを見てきた眼には奇異に映るほど寂しい海岸で、果てしない砂浜が昼下がりの日差しを反射していた。ゆったりと、しかしわくわくするような力が内部から湧き起こり、明俊は誰かに感謝したい気になる。彼らはその窪地でしばらく静けさを楽しむように立ったまま海を眺め、やがて木陰に腰を下ろす。海には船の影すら見えない。ふんわりとした入道雲だけが揺れている。白く柔らかい雲の縁は、日に照らされてガラスのように光る。頭や肩の輪郭が輝き、下の方は翳《かげ》って上部を引き立てている。女の裸体のようだ。つい今しがた水から上がった清潔な肌の色や量感に似ている。どこで見たのか、記憶をたどる。栄美だ。彼女が風呂から上がり、明俊の部屋の椅子に腰かけてちょっと冗談など言ってから戻ってゆく時の、眼のやり場に困るほど美しい肌の色だ。苦笑する。思い浮かぶのは、せいぜい栄美か。みじめになる。栄美は僕にとって、何なのだろう。

友人の妹、父の友人の娘、僕の友達、あるいは家主の娘？　彼は、ぎくっとした。家主？　どうして突然、そんな言葉が浮かんだのだろう。これまで、自分が居候だと感じたことはない。しかし、居候でなくて何なのだ。彼は再び雲を眺める。輝く小さな物体が、白を背景にして飛んでいる。雲の切れ端のように見えるそれは、カモメだ。神経を集中させて水中にいる獲物を狙っているのだろうが、遠くから見ていると、羽を傾けて急降下したりまっすぐ飛び上がったり、すうっと滑るように飛んだりしている様子は、のんびりした一幅の絵画だ。

明俊が振り向く。彼女は足元を見下ろしながら砂をいじっている。青いストライプのワンピースがまぶしい。木の下にいても、海の近くなので日差しは明るい。手を握る。彼女はびくりとしたが、じっとしている。ずっとそうしている。次にどうすればいいのかわからない。時間が経つほど次第に気まずくなり、不安にかられる。彼女は手を引き抜こうとするようにもぞもぞした。その動きが突然、明俊の背中を押した。握っていた手に力をこめて自分の方に引き寄せ、もう片方の手で彼女の腰を抱く。唇を近づけると抵抗する。彼女は両手で彼の胸を押し返し、顔を左右に振って唇を避ける。明俊は、彼女の腰を抱く手に力を入れ、片手で彼女の腕を払いのけながら抱き寄せると、彼の胸を押していた腕が曲がり、允愛は明俊の胸に抱かれてしまった。彼は両腕で彼女の身体を抱きしめながら唇を探ったが、彼女はうつむいて彼の胸に顔を埋め、頑なに拒絶する。明俊は怒りで全身が熱くなる。彼は腕をほどき、彼女のあごと後頭部を荒っぽくつかみ、すかさず唇を当てる。待っていたかのように彼女の唇が開き、柔らかい舌の感触が明俊の舌に伝わる。彼女の身体から力が抜け、頭を支える明俊の両腕に重みがかかる。彼は胸で彼女の重みを受け止めながら、そのまま唇を吸った。彼女は眼を閉じて腕を垂らしていたけれど、彼の舌を迎える彼女の滑らかな舌は、素早く動く。

彼は唇を離し、彼女の頬や額に唇に当てる。次は首を愛撫する。ワンピースの襟ぐりから胸をまさぐる。彼女はまた身をよじった。彼は彼女を力いっぱい胸に抱いてから、離した。座る位置をちょっとずらし、乱れた髪を直している彼女が、しても近い人に思える。人が肉体を持っているということが、今更のように不思議だ。愛の告白もないままだったけれど、その段階を省略したことに悔いはない。知り会ってから今までの半年という期間は、じゅうぶんすぎるほど長い。馬鹿みたいに、手を出しかけてはすぐに引っ込めていた日々。今は、すがすがしい喜びでいっぱいだ。明俊は允愛の手を握り、両手で軽くたたいた。爪の形がきれいな細長い指が、彼の手にからまってくる。さっき口づけした時と同じように、その動きは彼女の気持ちを伝えていた。

それとなく力を入れて明俊の指に応じる滑らかな感触を楽しみながら、最初に彼女が見せていた拒絶のそぶりを許す気になった。彼女の眼をのぞきこむ。

彼女はまぶしそうに、すぐ顔を伏せてしまう。愛らしい。彼女の指を一本ずつ曲げてみる。五本とも曲げ、もう片方の手を引っ張って同じことをする。彼女は下唇をかみながら、彼のいたずらを見ている。明俊は、想像していたのとは違って、愛する者同士が共に過ごす時のしぐさを、自分がやすやすとしてのけていることに驚く。何も難しいことはない。手の指が全部終わると、今度はその指を唇に当てて一つずつ愛撫した。きれいに爪を手入れした指を、歯で噛み切ってみたい。海ではさっきと同じ所でまだカモメが飛んでいる。

その晩、允愛が部屋を出ていくと明俊は腕枕をして横たわり、彼女が座っていた座布団を見つめながら喜びに浸る。トンボの羽みたいな、糊のきいたカラムシのチョゴリを着た清楚な姿態が自分の胸の中で息を弾ませていたことを、彼は誇らしく思う。頑丈そうに見えた石垣の一角があっけないほど簡単に崩れたのが、嘘のようだ。恋愛を特別な技術のように思っていた明俊には、手に入れた勝利すら、幻ではなかったかと疑いたくなるほど不思議だ。唇を当ててすぐ彼女の唇が開いたことを思い、彼は口元がほころぶ。彼女は慣れているのだろうか。いや、息が切れてそうなったのだろう。両腕はずっと垂れていたな。僕の腰や首に抱きつこうとはしなかった。不安になってくる。彼女はただ、突然だったから、されるがままになったのだろうか。いや、彼女の舌は、しっぽを切られた蛇のように、欲情にまみれてうごめいていたではないか。柔らかく濡れたその舌は、明らかに愛を語っていた。人間は、人間が所有することのできる最高の戦利品だろうと思った。彼の満足は、それほど大きい。彼女の気持ちに気づいてはいたけれど、彼女の身体の一部を許された今は、安心して信じることができた。気持ちは身体に従う。身体がなかったら、何をもって人は人を信じられるだろう。

眼に見えない神を見たいという願いが偶像を作ったとするならば、見て触ることのできない愛を、見て触れるようにしたい孤独が、人の身体を作り出したのかもしれない。人の身体とは、虚無の庭に映った孤独の影なのだ。そう思ってみれば、太陽に輝く雲、海、山、空、港を出入りする船、汽車、線路、国、ビルディング、そのすべてが、ある壮大な孤独の影にように見えてくる。巨大な孤独の、この世はその大きな孤独の身体なんだ。肉体が年老いて、その大きな孤独の願いを担いきれなくなった時、彼ははらんでいた孤独の種を産む。だから生《せい》が誕生したのだ。生とは、忘却することを学べない孤独が産んだ子供。だましてきたから、また新たにだます相手を物色せずにはいられない浮気男の愛人たち、それが生だ。気に入る女に会った時だけ、浮気者は苦労して着飾ることをやめてパジャマを着るのだろうし、とびきり優秀な子を産んだ時だけ、孤独は種をまくのをやめ、空間は産みの苦しみを免れる。生とは、果てしない欲情に苦しむ、多産な女の下腹。

刑事に蹴られた痕があざになっているのに、明俊は哲学者の卵らしく取り留めもないことを考えながら、眠りについた。

時折聞こえる船の汽笛が、いつか聞いた山鳥の声に似ていると思う。汽笛。山鳥の鳴き声。焼酎をぐっと飲み干す。喉元を過ぎ、はらわたにしみる。仁川に来て以来、よく通っている一杯飲み屋だ。

あまり人が多くないし、窓から見える風景がいい。

床板の下で、波が音を立てて打ち寄せている。煙草の吸殻を窓の外に投げる。

「もう一杯いかがです」

焼酎を入れたやかんを片手に、店の親父が背後に立った。やかんを持った指の節がひどく大きい。明俊は何となく親父の顔を見つめながら、ゆっくり顔を上げる。

「いえ」

親父は、なぜか彼の近くをうろつき、話しかけようとしているようだ。明俊は笑った。うなずいて、自分の隣の席を示す。座れと。すると親父はやかんをテーブルに置いて手もみしながら、ひそひそ話みたいに声を低める。

「船がありますよ」

まず、顔の表情が妙だった。そう言いながら、彼は戸口をちらりと見た。

「……」

「大丈夫。初めて来た時から、私にはわかってました」

「船って」

「へへへ、また、とぼけて。最初は誰だってそうですがね」

親父は自分でコップに酒をついで飲むと、明俊の耳に何かささやいた。それを聞いて、身体の力が抜ける。気持ちがすっと楽になる。まるで、その言葉を待っていたかのように、落ち着いている。その顔を見て、親父はほら、やはりそうじゃないかと言うように、今度は自分のほうが仏頂面になる。明俊は煙草をくわえ、火をつけるのも忘れたように、ぼうっと窓の外を眺める。細い雨は濃い霧のようだ。霧の中で時折、短い汽笛が鳴る。霧の中に允愛の白い胸がある。彼の手にゆだねられていた、汗のにじんだ胸が、細い雨に打たれてぷかぷか浮いている。あの窪地で強く抱き合っている時、彼女はふとつぶやいた。

「ほら、カモメ……」

その唐突な言葉が虚しく響いた。その海鳥が憎かった。彼女よりも。銃があったら、彼は空に揺れるその白い物体を狙っただろう。震える指で引き金を引いただろう。白い胸の上でカモメが飛んでいる。雨に打たれて。

親父が明俊の耳にささやいたのは、こんな言葉だ。

「北に行く船ですよ」

「ミスター・リー」

船長が、横に立っていた。マドロスパイプが光り、電灯の明かりの中で、端正な顔が笑っている。明俊は寝たまま言った。

「キャプテンは美男子ですね」

「え？　ははは……。サンキュー、サンキュー。うちの女房に聞かせてやったら、さぞかし喜ぶだろう。さあ、起きなさい。私の部屋で一杯やろう。取っておきのスコッチを開けるよ」

「ご褒美《ほうび》ですか」

「ご褒美？　うれしいからだよ」

「じゃあ、どんなご褒美をもらうのかは、僕が選べばいいんですね」

「スコッチでは足りないということか。美男子というお世辞は高くつくな」

明俊は手を挙げて夜空を指し、その手で自分の顔を指して言った。

「僕の星の光をさえぎらないでください」

船長は一歩後ろに下がって気をつけの姿勢をとり、敬礼する。

「尊敬するディオゲネス（古代ギリシャの哲学者。アレキサンダー大王がディオゲネスの前に立ち、何か望みはないかと聞くと、私の太陽をさえぎらないでくれと言ったという）閣下、失礼致しました」

靴のかかとをぴったり合わせ、後ろを向いて一度立ち止まり、振り向きもしないでかつかつと足音をさせながら角を曲がってゆく。ディオゲネスは顔を上げてまっすぐ星空を見る。

星、星、星……。

海の上で見る星空には圧倒される。宗教を持たない彼は、星空に人間の道理を見た人の気持ちがわかる。

彼と允愛は、よくあの海岸の窪地に星が輝き始めるまで座っていたものだ。あの頃、彼はどうしてあんなに落ち着きを失っていたのだろう。初めて知った女のすべてを一度に理解しようと焦っていたのか。

「そういうの、もっと話して」

「何がおもしろいんだ」

「あら、自分は専攻してるくせに」

「僕かい？　だから馬鹿だったんだ。今は必要ない」

「それなら、何が必要なの」

「允愛」

ほんとうだ。允愛がいれば、他に何もいらない。二十歳で初めて知った女は、すべてを投げ捨ててもあまりある存在だ。身体の道理とは、酔いしれることだった。彼は誰よりもうまく愛せると信じていた。泰植よりも何倍もうまく愛する自信があった。気持ちはそうだったが、どんな結果が実ったのか。彼との交際は允愛に、何をもたらしたのだろう。彼女自身が人として成長するのに、どれほど役立っただろうか。

「私、そういう難しい話を聞くのが好き」

「よく言うよ」

允愛の言葉を口先だけの子供っぽい嘘だと片づけて、彼女の首を抱き寄せた。僕は誤解していたのだろうか。それは允愛が本心から発した言葉だったのかもしれない。虚飾ではなく、その年頃の娘が抱く、偽らざる気持ちではなかったか。後のことも考えてみると、おそらくそうだ。明俊がうんざりしている灰色のフクロウが、彼女には金色のオウムに見えたのかもしれない。あの時確かに、彼女は自分の身体を理解していなかった。そんな彼女を僕はもったいぶっていると思っていたけれど、彼女にとってはとんだ言いがかりだったのではないか。どんな人であれ、他人に触れられたり掴まれたりするのはいやだが、恋人だけは違うはずだった。それなのに允愛は、よく彼を拒んだ。そんな時、彼は恥ずかしくなった。彼女が素直に言うことを聞けば喜び、拒絶されるとようやく、彼女が物ではなく一人の人間であることに気づいた。他人と意見が食い違っただけで侮辱を感じるだなんて、思いやりがないにもほどがある。肌を交えることを彼女がどれほど楽しんでいるのか、彼は最後までわからなかった。明俊は冗談交じりにそのことを〈実存演習〉と呼んでいたけれど、彼女の答案は特別優秀とは思えなかった。あるいは、彼の出題方法が悪かったのかもしれない。心がなければ身体は空き家であるようだ。今思えば、どちらが間違っていたのかはわからない。ただ、男女が互いの身体を知ったということだけでなく、互いが好きでそうしたのなら、すべての過失は見逃してもよいだろうと思うしかない。

ましてや、もう取り戻せない過去のことなのだから、被告が有利なように解釈するのが、どちらの側のためにも良いのだ。彼女と会って別れる時にはいつも、罪を犯したという感じがしていた。それはひどく傲慢なことだったかもしれない。ある人に申し訳ないことをしたという思いは、勝者が感じるものだ。はたして人が他人を、どれほど害することができるのだろう。他人の将来を決定的に傷つけたという思いが罪悪感であるならば、彼は神の座を盗んだことになる。人は他人の運命を損なうことはできない。ただ、自分の将来を傷つけるだけだ。どんな意味においてであれ、允愛にとって自分との交際は一つの経験だったはずだ。その経験についてとやかく言うなら、それは彼女を見下すことになる。

愛そうとしたのに、相手を汚し傷つけてしまったのではないかと反省するのは、つらい。南にいた頃の自分には、哲学がすべてだった。親も金も名誉もない青年にとって哲学とは、すべてを埋め合わせても余りある夢を与えてくれる、唯一のものだったのだろう。あるいは、長い歳月にわたって両班《ヤンバン》と奴婢という身分制度が続いていた社会、(身分制度が廃止されても新たな社会的序列ができたために)夢を見ることすらかなわない社会で、哲学は、良心の最後の砦《とりで》だったのだろう。あるいはその身分が王であれ家来であれ、人が生きるということに驚きを感じ、その意味を問わずにはいられなかったのかもしれない。そのどれでも構わない。哲学は、そのすべてを意味する。ともあれ彼は哲学の塔の中から、人を風景のように眺めていた。その時、允愛が現れた。

意外なことに、彼女は歩み寄って彼の窓をノックした。彼は窓枠を飛び越え、その手を握る。彼女は金箔をほどこした厚い本が並ぶ本棚のある部屋に、むしろ魅力を感じているようだったけれど、彼女の手を引いて青い草原に行く。あの部屋の中に入ったところで、何もおもしろくないよ、ほんとうだ、僕が言うんだから。そう思った。思索によって美しい顔に醜い皺《しわ》ができてはもったいない。それは侮辱だったのか。

ゆっくり起き上がって座る。突然、ひやりとして身震いする。立って一度伸びをし、しばらく空を見上げる。星が長い尾を引いて流れる。

一晩に流れ星を三つ見ればいいことがあると言う。もう一度、流れ星を待つ。あった。

さっきとは離れたところにすっと流れる。あと一つ。その一つはいくら待っても見えない。煙草に火をつける。一本吸い終わるまで、流れ星は見えない。笑って背を向ける。何歩か歩きかけて、ふと立ち止まる。デッキを見下ろしたまつぶやく。ともかく、僕は愛していたんだ。再び歩き出すと、今度は立ち止まらずにまっすぐ船室に戻る。

朴はどこかに行ったらしい。ベッドの上段に上がって毛布をかけているし、朴が戻ってきた。

「どこに行ってた」

朴は妙にぐずぐずする。

「うん、あの……」

口ごもりながら自分のベッドに入る。何かあったのだろうと思うと、ひどく不愉快だ。しばらくして、朴ががさごそ音を立てながら言う。

「明日、香港に着くだろ。だから何とか上陸する方法はないものかって話が出て、同志たちと相談してたんだ。君を探したけど、姿が見えなくて……」

またその話か。寝返りを打って横向きになる。下の段も、すぐに静かになる。

タゴール号が香港に入ったのは夜の八時近くだが、南国の太陽は、まだ大小の船の姿をくっきり浮かび上がらせるほど明るかった。

釈放者たちはデッキの片隅に集まって香港の街を眺める。港を埋めたいろいろな大きさと形の船や、その上で働く船員たちの姿がはっきり見えたけれど、誰もそんなものは見ていない。彼らの視線は、船を越えて街に向かっていた。

不夜城。

小高い所にある香港の夜景に、その表現はよく似合う。まだ少し明るいのに、いっせいに明かりを灯している様子は昼でも夜でもなく、闇と光がためらいながらお互いの手を求めて探っているような、妖しい雰囲気だ。その雰囲気には、釈放者全員にとって有害な何かがあった。決して力づけてくれるようなものではない。半月。半月前、出帆を待ちつつ飽きるほど港を眺めて以来、初めて見る街だ。彼らは今、切実な思いに取りつかれていた。陸に上がりたいということ。たった一時間でもいい。せめて三十分だけ。

半月間、地面を踏んでいない。人間は暇ができると、つまらないことにひどく執着するようになるらしい。ほんの少しでもいい。あの明るい街を歩いてみたい。買えなくても構わない。まぶしい店をのぞきながら歩くことができるなら。何人もの人がまったく同じことを考えている時、彼らの周りに、眼に見えない渦が生まれる。個々の人を問題にしないその広場では、動きは個人ではなく集団でなされる。李明俊もその広場にいる。それでいて、そこを抜け出そうとする。殺気すら帯びたその渦が、不安に思えたからだ。上陸したいのは彼も同じだ。釈放者たちが上陸したいとごね出せば、その不満が自分に向かってくるようで恐ろしかった。出航から到着まで、釈放者たちは船を離れてはいけないのが決まりだ。釈放者たちはその事情をよく知りながらも無理な望みに胸を焦がしているのだから、何か問題が起こりそうでいらいらする。

「李同志」

明俊はぎょっとして、声のした方に顔を向ける。ついに来るべきものが来た。そんな思いが脳裏をかすめる。明俊の横に立っているのは、二つ隣りの二六号室にいる三人のうちの一人、金《キム》だ。明俊はこの男が嫌いだ。最初からそうだった。上目遣いで物乞いのようにねちっこい視線を送ってくる眼が嫌いだ。明俊は黙って金に向かい、次の言葉を待つ。いつしか釈放者たちに取り囲まれていた。明俊は顔がほてる。

「李同志、どうにかしてみましょうよ」

「何のことです」

わかっているくせに、そんな返事をした。

「上陸ですよ」

「それはできないと言われたじゃないですか」

「そんなことはわかっている。できないことを、できるようにしようと言ってるんだ」

明俊は黙っている。取り囲んだ人の中から、不満げな舌打ちが聞こえる。すると唐突に、上陸できないのが自分のせいであるように思えて申し訳ない気になる。明俊は手で額を押さえる。こめかみがずきずきする。

誰かが言った。

「こんな所に突っ立ってないで、部屋に入ろう」

その声に従って、船室に移る。三十一人が入ると、部屋はいっぱいだ。奥のほうで明俊と金が壁にもたれ、そのすぐ前の二、三列は床に座り、他の人はドアの近くにまで押し寄せて立っている。座った人と立っている人の眼が、いっせいに明俊を見つめている。こびるような眼つきではなく、むしろいらいらしながら何かを強要してくるようだ。ひどいと思うより先に、息が詰まってくる。

金が口を開く。

「ともかく、みんな上陸したいと言っているから、李同志が力を貸してくれよ」

「僕が努力するしないの問題ではないんです。最初から、途中の上陸は許可しないことになってるのに、ムラジだってどうにもできないじゃないですか」

「だからこそ李同志が頑張ってくれなきゃ。上陸させないというのは、要するに問題が起きるのが心配だからだろうが、問題なんか起きやしませんよ。最も大きな問題は逃亡することだろうけど、我々がどこに逃げられるというんです。香港は、中国と眼と鼻の先なのに、ここで逃亡できるはずがないでしょう。それをよく説明して、ことを進めてみましょうや」

明俊は見回す。話が通じる人たちではない。彼は、いつかこんな顔の人たちににらまれたことを思い出す。そうだ。労働新聞社編集室にいた頃。あの集団農場の記事に関して自己批判をした日の夕方、彼を見つめていた編集長と三人の同僚が、こんな眼をしていたっけ。あの時、悲しい知恵を会得して膝を屈した。今この人たちも、僕に膝を屈するよう迫っている。おそらく彼ら自身も、上陸を許可しろという要求が無理難題であることを知っているのだ。そのくせ僕にそのことを押し付ける。彼は口を開いた。

「同志の皆さん。繰り返すようですが、問題は交渉のやり方がどうというより、そもそも交渉の余地がないということなのです。現在この船にいる人の中に、我々に上陸を許可する権限を持った人は、誰もいません。たとえムラジが好意的になってくれたところで、彼としてもどうしようもないということです。上陸したい気持ちは僕だってよくわかりますよ。僕も同じですから。ただ、我々が考えるべきなのは、小さなことで過ちを犯してはならないということです。これから我々がもっと大きな苦難に遭ったら、彼らの助けが必要になってくるでしょうし。皆さん、この事情を理解しておいてください」

誰も答えようとはしない。明俊はざっと見回す。ある眼は、彼の眼とぶつかって少し伏せられたが、彼の視線が通り過ぎると、すぐにあざ笑うように元に戻る。

明俊は次第に不安にかられる。おかしなことに、自分のせいであるような気がしてきて、それがこめかみの痛みとして現れた。どうして僕のせいなんだ。どうして僕が責められる。

彼はその言葉を、のろのろと何度も反芻する。僕が狂っているのか。この人たち。こいつらが、僕の同志だと？　同じ船に乗っているというだけで、最初から我々にははっきりとした、共に立つ広場などなかったのではないのか。それぞれが別の理由でこの船に乗っている。敵同士も同じ家で暮らすことがあると言うが、同じ船に乗っているというだけで、彼らを同志だと思わなければならないのか。

最後まで、誰も口をきかない。ボーッ。タゴール号の汽笛が、船室の壁をかすかに震わせる。もう我慢できない。

「いいでしょう。ともかく、一度話はしてみます」

言い終わりもしないうちに、前に座っていた人たちをかきわけて、ドアのほうに歩いてゆく。彼が去った後も、しばらく誰も何も言わなかったが、すぐに一人、二人と文句を言い始める。

「李同志はそもそも、我々の側に立っているんじゃなくて、監督者みたいな態度なんだよ」

そう切り出したのは、金だ。それに数人がすぐ同調する。

「まったくだ。あいつをリーダーに選んだわけじゃないのに。ただの通訳だ」

「何かにつけて説教するじゃないか。気に食わんな」

「俺たちの気持ちを尊重するなら、駄目だと言われるのがわかっていたとしても、一度当たってみるべきだ。最初から駄目だと決めつけてどうする」

「政治保衛部員だったとかいう噂《うわさ》だが」

「おい、そんなことは言うな。前に何をやってたとか、そんなの関係ないだろ」

ひとしきり騒ぐと、最初よりもいっそう重い沈黙が流れる。もう誰も口を開かない。天井に吊るされたシャンデリアから放たれる光が、煙草の煙が充満した部屋を白っぽく照らす。発電機の動作が不安定なので、明るさは時間によってまちまちだ。金は横に座った人と、さっきからしきりにひそひそ話をしている。時折、眼がぎらりと光り、顔が険しくなる。彼はわざと大声で、部屋にいる全員に聞こえるように言う。

「もう何年も女にはご無沙汰してるんだ。香港を素通りするだなんて。ああ」

最後の嘆息は、身体をくねらせるようなしぐさを伴っていた。低い笑い声が広がる。

部屋に入ろうとした明俊は、金の最後の言葉と、数人の生ぬるい笑い声を耳にした。彼は立ち止まり、しばしためらう。むかむかとするものが胸にこみあげる。あの人たちが憎いからだけではない。ただ、吐き気がする。できることなら自分自身を、李明俊を吐き出してしまいたい。足音を忍ばせ、再びデッキに出る。ちょうど上陸しようとしていた船員たちが、明俊の肩をたたいて通り過ぎる。うなずいて見せながら。ボートに乗り移った彼らが手を振り、船から離れていくのを見て、引き返す。

部屋の中に入ると、皆の顔に揺れていた笑みがすっと消え、殺気に満ちた視線が彼を迎える。ドアの辺りにたたずんで、なるべく落ち着こうとする。

「皆さんの想像されるとおり……とうてい……」

最後まで言うことができず、口をつぐむ。誰も答えない。かなり長い間、誰も口を開かない。気配に気づいて顔を上げた時、離れて立っていた金が、すぐ眼の前にいた。

「絶対に駄目だと言うんですか」

眼で、そうだと言う。

「もっとも、李同志は最初から反対だったから、話したといっても本気で頼んじゃいないさ」

明俊は顔をさっと上げ、相手をにらむ。

「どうしてそんなことを言うんです」

「実際、そうだろ」

ねちねちとからんでくる。

「もし李同志がほんとうに俺たちの気持ちを知っているなら、もう一度、やってみてくださいよ。考えてみたんだけれど、一度にではなく、二組に分けて、十五人ずつ上陸させてくれと頼みましょうや。もし先発隊に何かあれば、残りの者は上陸が保留されるのはもちろんだし、船員たちも上陸するんだから、俺たち一人に船員一人をつけることにしたらどうだろう」

「船員たちはもう上陸した」

座っていた者たちがいっせいに立ち上がる。金は口をとがらせて言う。

「ふん、そんなことだろうと思った。李同志一人ぐらいなら、船長と仲がいいんだから、こっそり上陸させてもらえるさ。朴さん、ちゃんと見張ってなよ。同じ部屋にいるおかげでいい目を見られるかもしれないぞ」

明俊の横に立っている朴を見る。

明俊は金の腕をつかみ、声を上げた。

「もう一度言ってみろ」

金は、腕をつかまれたまま振り返る。

「おい、見ろよ。こいつ、やる気だぜ」

そう言って、再び明俊をまっすぐにらむ。

「役得って、そういうことだろ。俺たちの分まで楽しんでこいよ」

その言葉が終る前に、明俊のこぶしが金の下腹にめりこんだ。そんなことになるとは夢にも思っていなかった金は、ふらつき、うなりながら腰をかがめる。うつむいた顔を殴りつける。金はあっけなく殴られ、今度は仰向けに倒れそうになって二、三歩ふらふらと歩き、やっとのことで身を立て直す。唇が裂け、歯に血がにじんでいる。

「こいつめ、ああ、こいつが……」

金はそれ以上何も言わず、足で蹴ってくる。明俊は何とか避けながら、よろけた相手を思い切り殴る。今度も顔に当たった。金はもう怒りで爆発していた。小馬鹿にしたような態度をやめ、姿勢を低くし両手でこぶしを作って近づいてきた。見物していた者たちは、彼らに場所を譲るかのように壁際に立っている。また蹴ってくる金の足をよけながら突き出した手をつかまれてしまった。二つの身体が床に転がった。明俊は金の首をつかんでいる。首をそらせば抜けてしまいそうなほど爪を立ててしっかりつかんで、絞め続けた。金は、げえげえ言いながら明俊の手を振りほどこうともがく。

もう少しで勝負がつきそうだ。その時、ふと明俊の視野に何かが入ってきた。あいつが見ている。向こうのほうで、取り囲んだ人たちの頭の向こう、ブリッジ（デッキ上の高い所にある、操船や通信を行う場所）に出るほうの戸口に姿を見せ、すぐに消えた。その瞬間、なぜか明俊の腕から力が抜けて身体が回転し、腹の上に相手の重みがのしかかる。金は明俊の腹の上にまたがって両手で首を絞める。明俊は、次第に曇ってくる眼を、やっとのことで開けて周りを見回す。取り囲む人々の脚が、森の木のようだ。どの木もてっぺんにミミズクが止まって、彼を見下ろしている。眼の前がだんだんぼやけてくる。霧のかかった森。その中に光るミミズクの眼玉。汚らしいミミズクども。僕はお前たちを軽蔑する。軽蔑する。軽蔑。

眼が覚める。天井が落ちてきて、押さえつけられているようだ。金と殴り合いをしたことが、夢の中の出来事のように思い出される。顔を動かして部屋の中を見回す。誰もいない。ドアは開けっぱなしだ。彼は耳を澄ませた。隣の部屋も、何の気配もしない。ただ船内で起こるさまざまな音が一つになって、遠いざわめきのように聞こえた。おそらくドアを開け閉めする音、二段ベッドに上がり下りする足音、ロープがデッキに引きずられる音、短い号令、厨房で器が触れ合う音……。そんなものが混ざった音なのだろうが、何とも名状しがたい響きだ。その音に耳を傾けた。耳を澄ませていると、その音はだんだん大きくなっていった。転がる雪の玉のように、音をくっつけながら大きくなる。その大きな塊に自分自身を載せようとしてみた。だが妙なことだ。たいていのものはくっつくのに、ただ李明俊だけは、どうしても弾き飛ばされてしまう。必死にしがみついた。結果は同じだ。起き上がった。独りだという思いに、鳥肌が立つ。これまでは、常に誰かが一緒だった。ある時は女と、ある時は夢、あるいはタゴール号が一緒にいた。生きていることを確かめられる誰か、あるいは何かがいつもそばにいた。夏の太陽に焼かれた野原の小石の時もあった。しつこくというより、むしろ恥ずかしいほど抱いたりなでたりした、温かい身体の時もあった。そして最後にこの船があった。同志たちがいた。今は何もない。彼はポケットを探って煙草の箱を出し、一本抜き取った。煙草は真ん中で折れていた。もう一本出した。それも折れていた。取っ組み合いをした時に折れたらしい。折れた煙草をくわえてマッチを擦った。久しぶりに吸う煙草が、しばらく彼をくらくらさせた。灰皿に吸殻を投げて横になる。もう一度考え直してみた。上陸したい気持ち。わかる。うんざりするような捕虜生活の果てに、娑婆《しゃば》に出たのだから。部屋に入ろうとした時、聞こえた金の言葉。

「女なんていつから見てないんだろう」

ほんとうだ。捕虜収容所にいた時、女たちが出入りするという噂は聞いたけれど、どんな人たちが呼んでいたのか、明俊は女を見かけたことがない。すさんだ収容所生活で、明俊はセックスをほとんど忘れていた。

　捕虜として暮らすうちに明俊は、セックスの赤裸々な姿をはっきりとみた。それは肉体ではなかった。色ではなかった。形ではなかった。温かさではなかった。滑らかさや喜びではなかった。激しい身もだえでは、もちろんなかった。そんなものでとらえようとすれば、するりと抜け落ちてしまう、何か。それでいて、それらでなければ推測すらできない何か。収容所で好まれた話題も、セックスに関するものだ。そんな場所でなければ聞くことのできない、ひどい話もたくさんあった。西部戦線で闘ったある捕虜の話。夏だったという。その兵士が山を越える時、草むらに死体があるのを見た。女だった。戦闘員であろうが非戦闘員であろうが、戦場で死体を見たぐらいでは話の種にすらならないが、問題はその死体の様子だった。股間に木の枝が刺さっていたというのだ。その話をした男は、アメリカ軍の仕業に違いないと言った。ちょっと前にそこをアメリカ軍の部隊が通ったから、絶対そうだと。どちら側の誰がやったことなのかはわからない。だが確かなのは、誰かの手がそれをやったということだけだ。

　程度の差はあれ、汚れていない手はなかったはずだ。母と姉と恋人に澄んだ瞳で見られても平気なほどきれいな手があるなら、出してみろ。そして、母と姉と恋人の瞳は、戦場から戻った息子や弟や恋人の両手を、昔と同じように見ることができるぐらい、きれいだろうか。悲しく汚らしい想像。いくら汚らしく、悲しくても、それが真実なのだ。明俊はその兵士の話を聞いて思った。自分は何者なのだろう。拷問者。強姦者。僕がそうならなかったのは、自らの意志だったのだろうか？　黙れ。お前はそんなことはしないほうがいいと計算したのではないのか？　違う。決してそうではない。前後のことを考える余裕がなかった。僕の邪悪な衝動が真実であったように、彼女を解放してやったのも真実だ。それならば、ある夏の日、森の中で股間から木の枝を生やしていなければならなかった女は、どこでその見返りを受けられるのだろう。あれこれ考えても、セックスに対する見方は変わらなかった。

　人間と獣の入り交じる広場。しかしそこでも人は獣にはなれない。あの夏の森の風流客は、再びベティ、あるいは順姫《スニ》（ベティはアメリカに、順姫は韓国・朝鮮に多い女性の名）を、以前のようにきれいな手で抱くことはできない。彼は死ぬまで苦しむだろう。それなら彼は獣ではない。そのことで罪の重さが変わることはないにしても。巨済島《コジェド》の捕虜収容所は、打ち寄せる波の音が聞こえる所にあった。首まで寝袋に入り、寝つけずに波の音を聞いている時にはやはり、アダムがイブを求めるように、女の姿を思い描いた。それでいて、売春婦が出入りするという話は別世界のことのように思えた。人の形をした肉体を抱いたからといって、癒される孤独ではない。自ら身を任せてきた女たちの、切ない気持ちが恋しかった。気持ちが身体だった。彼は夢の中の允愛に話していた。允愛。僕は愛していた。愛し方は下手だったかもしれないけれど。愛していたからこそ、允愛を捨てて逃げたんだ。僕は君を凌辱しようとしたかもしれないが、どこかの兵士のように道端の女を生け花の土台にしたことはない。知らない女を襲う奴らだけが獣だ。あいつらは何の申し開きもできないのだから。

金の最後の言葉を耳にした時、明俊に吐き気を催させたものは、その獣だ。三十頭の獣が漂わせる、吐き気のするような臭い。だから彼は殴った。金の首を絞めた。

その時になって明俊は、相手をたたきのめそうとする瞬間に現れた、あの幻を思い出した。どうしてあんな切羽詰まった時に見えたのだろう。幻だとわかっているのに、防ぐことができない。明俊の外部で動いているその幻覚が現れると、明俊の内部では、それを本物だと信じるもう一つの心が動き出す。そのくせ、それが幻覚だとはっきりわかっていることを、その心も知っている。幻が見えるたび、こんな妙な動きが心の中で交差する。

ずきずきする頭痛を覚え、もう少しで声を挙げそうになった。がばりと起き上がった。

何をするつもりなのだ？

彼はぎくりとした。それは彼につきまとう、あの得体の知れない影がそうささやいたような気がしたのだ。何をするつもりかって？　向き合うべきことを避けてきたのが、とうとう袋小路に追い詰められた感じだ。それはとても痛切に感じられた。だから解釈する余地がない。頭痛もその症状だ。眼に見えない影は相変わらず隠れたまま、今度は声だけが聞こえた。どこかで聞いた声のような気もする。その時になってようやく、電気の消えた闇の中にいることに気づいた。足先で探りながらドアのほうに歩いてゆく。廊下が終わり、デッキに出るドアの前に来ると、武装した船員が見張りをしていた。

「誰だ！」

返事をする代わりに、明俊は歩いていって船員の前で立ち止まった。

「ああ、ミスター・リー」

顔見知りの船員だった。

「どうしたんです」

「ああ、ミスター・リーは気絶してたから知らないよな。あいつらが船長室に押しかけて、騒ぎを起こしたんだ。上陸させろ、我々は捕虜ではないと言ってな。おかげでこの老いぼれが、こんなみっともないことをさせられてるんだよ」

彼は肩をすくめて、立てた銃身で、床をドンとたたいた。それで誰の姿も見えないんだな。彼は事情を理解した。

「じゃあ、みんなは今、どこにいるんです」

「食堂に軟禁されてる。船長は、暴動だと言ってかんかんだ」

「船長は？」

「そこにいる」

明俊はデッキに出るのをやめ、廊下に引き返した。釈放者たちの使う食堂は廊下の端にある。明俊は歩きながら振り向いて言った。

「ともかく、すみませんでしたね」

「どういたしまして。勤務を継続致します」

〈捧げ銃《つつ》〉の敬礼をしてくれているらしい。銃を持ち上げてから床につける音がする。

船長は妥協しなかった。マカオに出帆するまで食堂の外に出てはならないという命令を、撤回しない。ムラジもやたらに葉巻を吸うばかりで、黙っている。釈放者たちは船長とムラジ、そして明俊をにらみながら、一方に集まっていた。明日の午後、出航するというから、約二十時間。仕方のないことだ。船では誰に対しても、必要であると判断されれば、船長は警察権を行使できる。もはやこれ以上、何かを頼もうという気も起きない。無駄なことをしても仕方ないとも思うし、何より疲れていた。だから、本来なら明俊も食堂に残らなければならないはずだが、船長やムラジが食堂を出る時に、ついて出てきた。

そのほうが、むしろ似つかわしかった。船長は何も言わない。前後の事情は聞いて知っているだろう。デッキに出て船長室に行くまで、三人は口をきかなかった。船長の広い肩を背後から眺めながら、明俊は二人についてゆく。明俊は船長室に入らず、

「キャプテン、またお目にかかります」

そう言って去ろうとした。自分のテーブルに向かって歩いていた船長は、振り向いてうなずいた。明俊は階段を下りた。ほとんどデッキに着きかけた時だった。

「ミスター・リー」

ムラジが葉巻を片手についてくる。

明俊は階段を最後まで下り、デッキに立って振り向く。階段を下りてくるムラジを見上げて言った。

「申し訳ありません」

ムラジは立ちどまって首を横に振る。

「ミスター・リー、上陸したいか？」

明俊は、しばしまごついたが、すぐにその言葉の意味を理解する。

彼はムラジの手をぎゅっと握ってから、笑う。

「申し訳ありませんが、僕はほんとうに上陸したくないんです。カルカッタに着いたら一杯おごってください。その時に」

後ろのデッキに歩いてゆく。手すりにもたれて香港を眺める。もうすっかり夜になった。街の灯、灯、灯、灯……。見渡す限り、すべてが煌々《こうこう》と明るい。星空よりも美しい。人間の住む街の明かりのほうが、なまめかしい。釈放者たちがいっとき前後の見境をなくしたのも、無理はない。上陸したいかって？　いいや。ほんとうか、李明俊？　ほんとうだ。仲間たちへの義理、そんなことのためではない。あの人たちはもうどうだっていい。今は他のことを考えている。いや考えているという表現は正しくない。一歩ずつ近づいてくる誰かの気配に、すべての神経を尖らせている。そいつは、さっき闇の中で話しかけてきたのだ。明俊がタゴール号に乗った時、一緒に乗ってきたのに違いない。それが誰なのかを知りたい。

つまらない幻覚から逃れるように、再び市街地に眼をやる。灯でぎっしりと埋め尽くされた広大な港町の夜景は、何にせよそれだけの力を示しているようだ。これに似た光景が思い浮かぶ。ここからずっと北に行った所。この港がある大陸の、北の果て。越北した後に訪れた満州で、大平原に燃えていた夕焼け。

窓が燃えていた。

世界じゅうが突然火の海になったみたいな満州特有の夕焼けに、息を呑んだ。明俊は明朝送る記事を書くため座っていたのに、思わず声を上げ、万年筆を置いて窓に近づいた。天地が火の海だった。西に湧いた雲は、大きな金色のガラスの塊だ。朝鮮人集団農場の事務所に続く道に並んだポプラは、ほうきを逆さに突き立てたように見える。それが、ほんとうに燃えているみたいだった。今にも火花が四方に散りそうだ。道に輝いているのは小石だろう。見渡す限りとてつもなく広いトウモロコシ畑も、火の海だ。空気まで燃えていた。火の祭典。自分の胸を見下ろした。火の近くにいるみたいに赤い影が映っていた。

赤い揺らめきの中で、すべてが酔っていた。

燃えないのは明俊の心臓だけだ。その心臓は、とっくの昔にときめきを失った。南にいた頃、野原で強い日差しを浴びて受けた啓示も、とっくに彼のものではなくなっていた。彼の心臓は、しおれた白菜の葉のように、すぐに砕けてしまいそうなほど乾いて、青さを失った灰色のぼろきれだった。心臓があるべき場所に、彼は灰色のぼろきれを抱いて暮らす人間になっていた。そのぼろきれは灰色以外の、どんな色も帯びていなかった。一年。どきどきしながら暮らしたあげくに、ため息をついてしゃがみこんだ一年。

あの日、仁川の埠頭で、北に行く密輸船に乗れるよう斡旋してくれた居酒屋の親父を、彼は受胎告知の天使だと思った。北に行く。その考えは、出し抜けに現れた光明だった。允愛は？　允愛を誘うことはできなかった。允愛という人間は理解不能だ。彼女は、欲情した場所で何をしたのか、すっかり忘れる癖があった。あの窪地。まだ昼間の熱が残っている温かい砂原で、彼女は四月の野原の蛇のように身をくねらせて明俊の腕にからみついた。彼女の細い腕はしつこく彼の首にからみついて離れなかった。起き上がると、明俊と彼女の髪はたいてい砂にまみれていた。ポケットをひっくり返すと、ざらざら砂が落ちた。靴を脱いで逆さにして振っても、やはり砂が落ちた。そうかと思うと彼女はその翌日には必死で抵抗するのだ。最初に彼の唇を退けた時のように、彼女は必死で明俊の胸を押し返した。明俊は、両脚を固く組んで両手で押さえる允愛から離れ、人間ではなく言葉の通じない、頑固な動物を見ている気がした。彼女のゆがんだ唇と、彼の腕に立てる爪の痛さを思い浮かべながら、一人の女を自分のものにしたという思いに酔いしれて一晩過ごした後、その同じ場所で彼女が見せるはっきりとした抵抗は、彼をどん底に突き落とした。その前日の夜、彼は賭けをすることにした。明日、彼女が抵抗しなければ、一緒に北に行ってくれと頼んでみようと。次の日、彼女はまた、彼の理解の外にいた。それは五十キロほどの骨と肉で成る、得体の知れない動物だった。女と呼ばれる類の人間ではない。何とも名づけようのない生き物。

「允愛、じゃあ、允愛は僕を愛していないのか。全部嘘だったのか。人が人を愛するのに、体面などいらないだろう。それは多くの人々をつまずかせた石だ。彼らは愚かでつまらない自尊心のために幸福を犠牲にしたんだ。こんなことはやめてくれ。僕は允愛が燃える時だけ幸福になれる。胸の中の、その壁を取り払えよ。そのタブーの壁を。その壁を越えた男女だけが、ほんとうの人間の庭を歩くことができるんだ。男も女も同じだ。女は破産した時のことに備えてこっそり小銭を蓄える。そんなはした金が未来を保証してくれると思うのか。捨てろ。捨てて、素のままで僕を信じてくれ。允愛が信じてくれれば、僕は変われる。どんなことでもやってのける。僕を救ってくれ」

「私なんかが？」

私なんかが？　確かに彼女と一緒にいたはずの広場で、いつしか彼は独りぼっちだった。足先に触れる影は、いっそうみすぼらしかった。何のために抵抗するのか、理解できない。次の日になると、彼女の脚は彼の腰に巻きついて震えていたのだから。彼女の根は、彼の言葉が届かない暗い谷にあるような気がした。明俊の明るい言葉の太陽に照らされて輝く微笑を浮かべたかと思うと、すぐ手のつけられない自分の密室に逃げ込んでしまう。明俊が言うように、それはタブーの壁だったのだろうか。そんな一般的な性質のものならば、まだ良かった。

「いやです」

彼女は吐き出すように言った。嘘だ。嘘だ。彼女は自分が誰なのか知らない。彼女は自分の名を知らない。それでいて、明俊のほうから教えてやろうとすれば、違うと言う。それは自分の名ではないと言う。どんな力をもってしても取り除くことのできない、固い迷信。何万年もの昔から積み重なってきた彼女の細胞の中の、タブーのぜい肉。それを取り除いてしまえば允愛は今の允愛でなくなるだろうし、そのまま持ち続けていれば、彼女は人間ではなかった。にわか雨の降る原始の森で、何のためらいもなくアダムの胸に抱かれた時から、シャンデリアの下で虚飾に満ちたジョークを聞くようになるまでの長い歳月にわたって、彼女たち自身の身体についた、嘘のぜい肉。秋の虫のように短命な個人が、自らの内部にある重い土を掘り、単純に生きられた時代の人間の化石を探し出すのは、自分の分すらも手に余る仕事だった。人はそれぞれ、独りでそれをやってのけねばならない。その化石を見たら、彼女は信じるだろうか。いや。それは自分の先祖ではないと言い張るだろう。そんな時、居酒屋の親父がささやいた。元は魚倉《ぎょそう》だったとおぼしい、デッキ下の暗く生臭い船室で、彼は手垢のついていない新しい広場に行く喜びに浮かれていた。そんな時でも、やはり眠りは訪れた。夢を見た。広場で、きれいな噴水が虹を描いていた。花畑では蜜蜂がうなり、みずみずしい花が笑っていた。舗装された道路は清潔で丈夫だった。あちこちに銅像が立っていた。人々はベンチに座っていた。美しい娘が噴水を見ていた。彼は彼女の背後に近づいた。振り返る顔は、彼の恋人だった。彼女の名を忘れたことに気づき、当惑していた時、彼女は微笑んで彼の手を取った。

「名前なんてどうでもいいでしょ」

まったく、名前なんてどうでもいい。確かなのは、彼女が僕の恋人だったということ。

彼女は聞いた。

「どうしてこんなに遅くなったんですか」

彼は恥ずかしくなった。だが言うべき言葉が見つからない。

「でも、こうして来たんだから、いいじゃないですか」

「それはそうですけど。気を悪くしましたか？　こんなことを聞いたから」

彼は違うと首を横に振りながら、彼女を抱き寄せた。

明俊が北で見たのは、灰色の共和国だった。この満州の夕焼けのように血の色に燃え、国を立て直そうという情熱に生きる共和国ではなかった。彼をさらに驚かせたのは、コミュニストたちが、熱中したり激したりすることを望んでいなかったことだ。彼が最初にこの国の性質をはっきり感じたのは、越北してきてすぐ、党の命令で講演をするため、北部の大きな都市を訪れた時のことだ。学校、工場、市民会館で会場を埋め尽くした、気の抜けた人たちの顔。彼らはただ座っているだけだった。表情に何の感動も見えなかった。革命の共和国に生きる、熱気を帯びた市民の顔ではなかった。情熱に満ちた言葉を使っている自分が、だんだん気恥ずかしくなってくる。講演の原稿もそうだ。何度も党宣伝部の意向を受けて修正した。最後に決済された時、原稿はコミュニストたちの常套句をつなぎ合わせただけの、死んだ言葉になっていた。明俊が話そうとしたことから核心部分が取り去られ、しいて明俊が語らなければならない理由がなくなってしまった。

「李明俊トンム（トンムは友達という意味の言葉だが、北朝鮮では親しみを込めて同志を呼ぶ時に使われる）は、南朝鮮（大韓民国）にいた時に何を見聞きしていたんだね。この原稿には、太白《テベク》山脈で李承晩《イスンマン》傀儡《かいらい》政権と流血の闘争を続けている我々の勇敢なパルチザンの話もなければ、地主に収奪される農民の惨状も書かれていない。さあ、見なさい。あいつらの発行している新聞にも、はっきり書いてあるじゃないか」

宣伝部長は、たたんで机の上に置いてあった新聞を、明俊の眼の前で開いてみせた。ソウルで発行されている新聞の最近の版だった。三面上段に、「智異山《チリサン》作戦戦果多大」という大きな見出しがあった。パルチザン多数逮捕、生け捕り二十名、武器弾薬多数押収。いつも見ていた、それでいて流し読みにしていたような記事だ。明俊は顔がほてるのを、どうしようもなかった。

明俊は、自分がこれまでいかに狭い枠の中であがいていたかに気づいた。

労働新聞本社編集部勤務を命じられた時には、新しい人生を生きようと決心した。仕事が終わっても、社の図書室で遅くまで勉強した。『ボリシェビキ党史』を、一週間で読破した。党員たちが〈党史〉という言葉を使う時、無意識に、崇めるような響きをこめようとしているのに気づいたからだ。どの会合でも党史が引用された。

「かつて偉大なレーニントンムは、第〇次党大会でこう言った……」

眼の前で起こっていることの先例をいちいち党史の中に探し求め、その対策も党史の中に求めること。牧師が聖書を開いて「それでは、神様のお言葉を聞きましょう。使徒行伝の……」と言うのと同じやり方だった。それがコミュニストたちの言う〈教養〉だ。常に、ある事にふさわしい党史の一節を、ただちに、正しく暗誦する能力。コミュニストたちはそれを教養と呼んだ。明俊が知っていた言葉の意味は、すべて訂正しなければならなかった。新しい言語を創造する人たち。しかし、それがいけないのではない。新たな言語を創造しようとしたダダイストやシュールレアリストの試みに意味があったとするなら、新しい社会の指導者たちが、それに合わせた言語を創造したからといって、責める気持ちはない。問題は、新しい言語の性質だ。ダダイストたちが誤ったように、コミュニストたちも誤っていた。ダダイストが訳のわからない個人の言語を作ろうとしていたのだとすれば、コミュニストたちは集団の言語をまるごと作ろうとしていた。彼らの言葉には色彩の変化も香りもなかった。

どんな会合においても、型どおりの言葉と手順があるだけだ。感激はなく、感激しているようなまねだ。革命ではなく、革命のまね事をしていた。興奮しているのではなく、興奮したふり。信念ではなく、信念の噂。越北して半年過ぎた翌年の春、明俊は虎の巣窟に自ら入ってしまったことを呪った。これからどうすればいいのだろう？　鉄の粉塵が混じった空気よりももっと息詰まる空気の中で額に脂汗を浮かべ、彼は下宿の天井をにらんだ。

父は再婚していた。民主主義民族統一戦線中央宣伝部の責任者である父は、モランボン劇場に近い敵産家屋（植民地時代に日本人が住んでいた家）で、新しい妻と共に暮らしていた。義母は、素朴な平安道なまりで話す〈朝鮮の娘〉だった。昔ながらの模範的な朝鮮女性といった感じの女だ。頭に手拭いを巻いて、父の脱ぎ捨てた靴下を洗っている義母を見た時、明俊はぞっとしたように顔をそむけた。手入れの行き届いた庭。三十ワットの電灯の下、新聞紙で覆った食膳の前に座って父を待つ、明俊と同じ年頃の義母。それは地獄だった。明俊が抜け出してきた、平凡という名の泥沼。それは、無気力なサラリーマン家庭の夕食の風景ではあっても、反日闘士であり、名のあるコミュニストである父の住むべき所ではない。再婚してもいいのだ。もしも義母が、信念のために青春を暗い路地や見知らぬ国での活動に捧げたコミュニストだったなら、明俊はそんな義母に甘えることもできた。

しかしこの女。明俊に対して、お坊ちゃんに仕える下女のような態度をとる義母。いったい、どこに革命があるというのだ。中流ブルジョワの家庭のように平和な、この一流コミュニストの家のどこにも、革命の情熱など存在しない。父は息子を避けているように見えた。道楽息子を避ける、気の弱い父。吐き気のするようなブルジョワ家庭の生活だ。家の外で、父という呼び名にふさわしくない罪を作った男が、妻や成長した子供たちに見せる寛容。それなら父は外でどんな罪を犯したのか。革命を売った罪、理想と現実をすり替えて暮らす罪。自分でもそれに気づいている父は、気まずいのだ。

新聞社の仕事にも慣れ、自分が暮らしている空気の成分もすっかり見通せるようなった早春のある日、明俊は越北して以来、初めて父と衝突した。明俊はありったけの憤りをぶちまけた。

「いったい、これが人民の共和国ですか。これが人民のソビエト（評議会を意味するロシア語だが、後にプロレタリア独裁の権力機関を意味するようになった）ですか。人民の国ですか。僕はこんな社会に来るために、南朝鮮を脱出したんじゃありません。正直なところ、父さんが恋しくてたまらなかったのでもないんです。無知な刑事の拷問が恐かったのでもない。父親がないと生きていけない年じゃありませんからね。彼らがいくら僕を憎んでいたとしても、父親が北で活動しているというだけの理由で、僕を殺したりはしません。僕は生きたかった。生きがいを持って、燃えるような青春を送りたかった。生きているという実感を持ちたかったんです。

南にいる時には、いくら周囲を見回しても、僕が生きがいを感じて暮らせるような広場はどこにもありませんでした。いや、あったとしても、それはあまりに汚く凄惨な広場でした。父さん、父さんがそこから脱出したのは正しかったと思います。そこまでは正しかった。僕が越北して眼にしたのは、いったい何ですか。この重苦しい空気。この空気はどこで押さえつけられて、こんなに重くなったのです。人民？　人民がどこにいますか。自分たちの政権ができたのがうれしくて、にここにこしている、そんな人民がどこにいるんですか。バスチーユ（フランス革命の発端となった監獄襲撃事件が起きた場所）を打ち壊した日のフランスの人民のように、シャツを裂いて共和国万歳を叫ぶ人民が、どこにいるんです。僕はフランス革命の解説記事を書いて、編集長に罵られ、職場の細胞で自己批判をしました。フランス革命はブルジョワ革命だ、人民の革命ではないと言って。僕も知っています。しかし僕が言いたかったのは、そんなことではありません。あの時、フランスの人民の胸に煮えたぎっていた血、その赤い心臓の話を書きたかったんです。詩？　いいえ、違います。父さん、違うんです。その赤い心臓のときめきが、すべてです。それこそが唯一、我々と資本主義者たちを分かつものなのです。パーセンテージの問題ではない。生産指数の問題ではありません。人民経済計画の超過達成が問題なのではないんです。我々の胸の中に燃えるべき、誇りに満ちた情熱、問題はそれだけです。

南にはそんな情熱がありませんでした。あるのは卑しい欲望、仮面をかぶった権勢欲、そしてセックスだけでした。西洋で、いわゆる民主主義を学んだという奴らが帰ってきて、自分の先祖は朝鮮王朝の高官だったと自慢しながら人民の背にまたがり、外国であつらえたピカピカの革靴で彼らの腹を蹴とばしていました。いったいどういうことなのか、日本人の下で役人を務め、父さんみたいな愛国者を逮捕して殺していた奴らが、局長だの所長だの大臣だのといった地位について、人民に命令しています。南朝鮮の社会は百鬼夜行で、得体の知れない騒乱の場でした。若い人たちは、セックスとジャズと、写真で見るアメリカの女優の胸に夢中になっているか、そうでなければいち早く外国人と知り合いになって外国に出ていこうとしていました。留学という名目で、彼らはあの険悪で乱れた社会から一時的に脱出し、美しい妻と、生活に困らないだけの収入を得るための看板や技術を得るために外国に行ったのです。ブルジョワ社会の最も堅固な土台となる、目端のきいた秀才たちが。どうもこうもできない僕みたいな人間は、哲学だの芸術だのという、十九世紀ヨーロッパの輝かしい物語の本をひっくり返して自分自身を欺こうとしました。今もそうしている人が、南朝鮮にはいくらでもいます。彼らこそは最も美しい心臓の所有者です。若い人で、理想主義的な社会改良の情熱がない人がいるでしょうか。彼らはただ、南朝鮮という異様な、実に異様な風土の中では、活動の場が得られなかっただけです。そんな風土の中で、僕の性格的な弱点は、少しずつ大きくなってきました。

僕は新しい風土へと脱出することにしました。越北しました。甘えようとした僕の手を、偉大な人民共和国は冷たく振り払いました。編集長は僕に、こんなことを言いました。『李明俊トンムは、自分一人で共和国のことを思っているみたいな言い方をするね。党が命令するとおりにすれば、それがすなわち共和国のためになる。個人主義的な精神を捨てなさい』。ああ、党は僕に、生活するなと言っているのです。ことごとにそう感じました。主人公は僕ではなく、党だということを。党だけが興奮し、陶酔します。復唱だけしていろということです。党が考え、判断し、感じ、ため息をつくから、お前たちは復唱だけしろと言うのです。

我々はせいぜい、『かつて偉大なレーニントンムは、こう言われた……』『かつて偉大なスターリントンムはこう言われた……』。そうです。すべては偉大なトンムたちによって、とっくに語られてしまったのです。もう何も言う必要はありません。もう、僕たちのうちの誰も、偉大になることはできません。ああ、これはいったい何なんです。いったい、どうしてこんなざまになってしまったんですか。マルクス主義を、いかなる歴史的現実にも適用できる唯一の処方箋のように解釈すべきではないのに。マルクスの理論とは、マルクスが自分の時代を分析し、自分の著書に書いた方法論を指すものでなければなりません。理論上の方法と政策は、切り離して考えるべきです。これはどの理論も同じです。政策については、方法論の創始者ですら、必ずしも正確ではありません。継承者はなおさら、解釈権を独占してはならないのです。どんなに偉大なトンムたちも、すべてを語り尽くすことはできなかったはずだし、語り尽くしたと信じてはいけません。彼らはある決定された真理だけを信じたのではなく、真理は修正が許されないほど最終的に決定されてはならないという態度を信じたのです。

高潔な心臓を持った人たちは、こんな共和国を創るために、中世の殉教者よりも尊い死を遂げたのではないでしょう。彼らの流した血に対する背信です。誰かが偉大な先駆者たちの血を搾取しているのです。僕は越北して以来、一般人民や労働者、農民たちが、どんな生活感情を持って暮らしているのかを知りました。ただ無関心です。見物しているだけです。言われるままに動きます。オウムのようにスローガンを唱えるにすぎません。そう、人民とは、彼らにとって羊の群なんです。彼らは人民のそんな部分だけを利用します。人民を堕落させたのは彼らです。そして北朝鮮の共産党員たちは、汚らしくて卑屈でだらしない犬です。羊と犬を連れた偉大な金日成《キムイルソン》トンムが、人民共和国の首相ですって？　ははは……」

明俊は腹を抱え、頭をのけぞらせて笑った。父はひとことも語らなかった。明俊は話しながらも父の顔色をうかがい、何か言ってくれるのを待っていたが、最後まで黙って聞いているだけだった。笑い疲れた明俊は床に突っ伏し、声を殺して泣いた。父が憎かった。何も言わない父が。

その日の夜遅く、父が黙って部屋のドアを開けて入ってくる気配を感じ、息を殺した。明かりを消した後だった。すると、彼の枕元に立っていた父が、しゃがみこんで彼の掛け布団を引っ張って直してくれるではないか。明俊は唇を噛んだ。悲しかった。父はこんな愛情しか僕に与えることができないのか。翌日、彼は下宿を決めて家を出た。父と自分はもう他人だと思って。越北しても新聞社なんぞに勤めたのが良くなかったのかもしれないという気がした。

一度、肉体労働の現場で確かめたかった。机の前に座って新聞の文字を数えるような職場で必死になったのが間違いの元で、労働の第一線にいる人たちは、また別かもしれないと思ったのだ。ちょうど野外劇場を建設する事業に、各職場や機関から義勇奉仕員が交代で出向していた。彼はそれに志願して毎日通った。

ある日彼は、舞台の屋根を造る工事現場の足場の上にいた。下を見下ろすと、地面はずっと遠くにある。早春の、まだ寒い日。野や山のどこを見ても春の気配は感じられなかったけれど、ぽっかりと雲が浮かんだ空は、まぎれもなく春の訪れを告げていた。正午を知らせるサイレンが鳴った。どこから来たのか、車両を連ねて平野を走る列車も、のどかな雰囲気を漂わせているような気がした。おそらく、晴れた空に太陽の光が満ちているからだろう。北に来て初めて迎える、平壌の春だ。もうすぐ、いい季節になるはずだ。いい季節。長い間忘れていたことが、稲妻のように脳裏をかすめた。くらっとした瞬間、彼は足を踏み外した。

病院のベッドで過ごす時間は、退屈で耐えられなかった。手足を骨折しなかったのは不幸中の幸いだったものの、右の大腿骨にひびが入った。一カ月寝ていなければならない。三日に一度、父が見舞いに来た。時折、義母が食べ物を持ってくると、彼女が帰るまで罰を受けている気がした。ほとんどの時間、眠らずに空想を巡らせるしか、することがない。考えようによっては、すべてが面倒になっていたところだったから、病院は格好の避難場所かもしれない。允愛。ずっと忘れていた彼女のことをよく思い出すようになった。考えてみると、越北してから彼女のことを思い出したのは初めてだ。今ではもう、遠い人だ。会いたい。寝返りを打ち、枕に顔を埋《うず》めた。ドアが開いて数人の人が部屋に入ってくる気配に、顔を上げた。眼を疑った。允愛かと思ったのだ。允愛ではなかった。一瞬、そう錯覚しただけだ。よく見ると、ちっとも似ていない。全部で五人。すべて女性で、花束を持っていた。ついてきた婦長が紹介した。

「国立劇場の女性トンムたちが慰問に来られました」

言われてみれば、服装や髪形が華やかなようでもある。女優かな？　音楽家？　明俊は丸顔で切れ長の眼を、じっと見つめていた。この病室は南向きなので、病院の正門がすぐ下に見えた。彼女たちも正門から入ってきたはずなのに、気がつかなかった。婦長は明俊のことを、志願して野外劇場建設で働いていて負傷した患者だと言って紹介した。

「そうそう、トンムたち、この患者さんには特別に慰問しなくちゃいけませんね。完成すればトンムたちが出演する劇場ですから。それを建設していて、おけがなさったんですよ」

一番前にいた娘が、明俊の枕元に来ていた。

彼女は仲間たちを振り返って首を傾げた。

「特別な慰問って、どうすればいいのかしら？」

はっきりと澄んだ声だった。

「お花を、他の病室の倍ほど差し上げたら……」

他の娘が答えた。

明俊はゆっくり口を開いた。

「そんな慰問では駄目ですね」

彼女たちは、眼を丸くして顔を見合わせていたが、きゃっきゃと笑い始めた。その中でも、彼女はベッドの枠をつかみ、しばらく笑いをこらえていたが、やがて明俊の眼をまっすぐのぞきこんだ。

「じゃあ、どうすればいいですか。患者トンムの願いを聞かなければ」

「記念写真を撮りたいんですが」

彼女たちの間に、嘆声の渦が起こった。自分たちだけでひそひそ話し合った末、彼女が一人で明俊に近づき、さっきのようにベッドの枠を片手でつかんで言った。

「今、起き上がれますか」

婦長が先に答えた。

「ニエット（〔露〕いいえ）。まだ一週間は動けません」

「それでは、こうしましょう。一週間後に私たちがカメラを準備して、ここに来ます」

明俊は笑ってうなずいた。彼女はまだ笑いをこらえているように、口を妙な感じに閉じ、抱えていた花束の中から花を何本か取り出すと、ベッドの枕元近くにある机の花瓶に挿した。

ドアが閉まると、廊下で彼女たちが心置きなく笑う声が聞こえた。明俊も笑った。満足だ。花瓶に眼を向けた。スズランだ。緑色の茎についた白い花が、驚くほどみずみずしい。ため息が出た。胸が弾むような感じが、照れくさい。仰向けになって眼を閉じる。丸い顔。切れ長の眼がはっきり見えた。女優？　歌手？　あるいは。何かが胸を絞めつけるようだ。孤独だから、孤独だから僕は足場から落ち、ここに寝ていて、知らない人に一緒に写真を撮ろうと言ったんだ。栄美の兄泰植と交わした冗談を、今思い出した。今思えば他愛もない話をしていた時にはくすぐったく感じられていた冗談が、柳の枝が芽吹くような柔らかい空気を、かさかさに乾いた心にそっと送り込んだ。わからない。なるようになれ。ちくしょう、こんなに痩せてまで、生きなければならないこともないだろう。彼は、ナイフを投げるように荒々しく叱責する編集長のことを、忘れようとした。自分をのけ者にする編集室の雰囲気も忘れようとした。わからなかった。彼よりもずっと怠けていい加減な仕事をする社員は、あの気難しい編集長トンムと、結構仲良くやっていた。自分の場合は思想的なことだけではなく、性格で損をしているのだろう。こんな社会でも、それは避けられないのだろうか。公的なことに関係ない個人の性格のようなものがその人の社会生活を左右するのなら、それも北朝鮮社会の反革命性だ。

革命と人民の仮面をかぶった、相変わらずのブルジョワ社会。スノッブたちの闊歩。自分の頭で考えようとしない党員たち。ブルジョワ社会のサラリーマンと同じだ。違うのは、見てくれだけ。

ドアが音を立てて開き、眼鏡をかけた婦長が顔だけのぞかせた。

「李明俊トンム、けがの功名ね……」

にらむようにして、ドアを乱暴に閉めた。何人かがけらけら笑いながら通り過ぎる足音が遠ざかった。

そうして知り合った恩恵《ウネ》は、国立劇場所属のバレリーナだった。平壌で最も大きな舞踊団体は崔承喜《チェスンヒ》（一九一一～一九六九。日本におけるモダンダンスの先駆者・石井漠に師事し、〈半島の舞姫〉として世界的に知られた舞踊家。解放後は越北して活動していたが、後に粛清されたと伝えられる）率いる研究所だが、恩恵がいるバレエ団は国立劇場専属で、古典舞踊から出発した崔とは違い、ソ連でバレエを学んだアンナ・キムという女性が団長をしていた。団員は彼女をキムトンムと呼び、アンナと呼ぶこともあった。彼女は恩恵をずいぶんかわいがっているらしく、〈私のマーシャ〉と呼んで、明俊が劇場に訪ねていけば、すぐに会わせてくれた。

明俊は窓辺を離れ、席に戻ってカバンを探った。小さな手帳から一枚の写真を出してじっと見つめる。あの時の写真だ。赤い夕焼けの中で、写真は絵ハガキのように華やかに見えた。写真をまた手帳に挟んで再びペンを持ったが、すぐ書く気にはなれない。

南満州R県に位置する朝鮮人集団農場は、中国が米を増産するために、満州に散らばっていた朝鮮人を好条件で募集して設立したものだった。集団農場とはいえ、雑穀を精白するのに試験的に機械を使うだけで、稲作は家ごとに割り当てられた田んぼを昔ながらの方法で耕しており、農民組合を運営することで共同体としてのまとまりをつけているのが実情だった。もちろん農作物を勝手に売ることはできない。彼はこの集団農場の日常を記事にするため、一週間の予定で派遣されていた。

まず金を使わないで旅行できるのが良かった。南満州鉄道に乗っている間、彼は何度も子供のように声を上げた。延吉に住んでいた子供の頃、奉天（現在の瀋陽）に行く時に見た、果てしない平原に落ちる夕陽をかすかに覚えていたけれど、今見ても圧倒される。行けども行けども平原だ。この広大な土地が、昔は東洋拓殖株式会社（日本が植民地経営のため一九〇八年に朝鮮に設立した国策会社で、土地買収や移民事業などを行った。後に満州などにも進出した。一九四五年に解体）のものだったという。土地が元の所有者に返されたのは良いことだ。彼が調べたところでは、北朝鮮の農民たちの場合、土地改革を喜んだのは十人中五人ほどだった。彼は初め、驚いた。土地をただでもらって喜ばないとは。理由はすぐにわかった。農地は売り買いできないことになっていた。それは国の土地だ。彼らは地主の小作人から、国の小作人に変わったに過ぎない。彼が見るところ、小市民の場合も同じだ。彼ら小市民はいくら稼いだところで、もう金持ちになる可能性はない。国がそうなれないようにするからだ。今でも市場では、日本の植民地時代の服や食器などが、なくてはならない商品とされていた。消費組合に出回る日用品は、数も足りないうえに粗悪品ばかりだった。労働者たちは約束された報酬を受け取れないことに疲れ、人民経済計画の超過達成という名目のために、しかたなくただ働きをしていた。人民共和国がうまくいっていると盛んに噂されていたのに、いざ自分の周りを見てみると、何もなかった。

個人の欲望がタブーとされている社会。北朝鮮社会に重くのしかかっている空気は、まさにこのタブーの雲に起因するものだった。人民に、お前たちが主人だと言ってくびきをかけ、主人が自分の仕事をするのに労働を惜しむのかと言ってむち打てば、不運にも主人にされてしまった牛たちは、訳もわからないで歩き出す。一等になっても賞品がないというのに、誰が走ろうとするものか。党が走れというから走りはするが、走るふりをしているだけだ。人が最も理想的なものとして思い描いていた夢が、どうしてこんなものに化けてしまったのか、まだ誰も理解していない。ひょっとして明日の朝になれば、このくびきが鬼の金棒にでも化けているのではないかと期待している。広場には操り人形だけがいて、人間はいない。人だと思って話しかけようと近づけば、それは木彫りの人形だ。彼は人間に会わなければならなかった。そんな時、運よく恩恵に出会った。明俊が、自分が人間であることを実感できるのは、彼女を抱いている時だけだ。

彼は万年筆を指に挟んだまま、机の上に両腕で円を作り、両手の指を組んでみた。両腕の中の丸い空間。人が一人入れば埋まってしまうこの空間が、ついに彼がたどり着いた最後の広場であるらしい。真理の庭は、こんなに狭いものか。明俊は両腕の中の空間で震えていた恩恵の身体を思い描いた。両腕で作った心もとない空間が、ぎっしり埋まってくるような気がした。彼女の肉体がその空間を埋める。胸、腰、膝。彼女の下半身は机の下、上半身は机の上に伸び、明俊の眼の前には彼女の顔があった。彼はその胸に顔を埋めた。しかし彼の額は、組んだ自分の手の上に、力なく落ちた。

満州から戻って一週間が過ぎた土曜の日暮れ時、よれよれのトレンチコートを着た李明俊は、うつむいたまま社の正門を出た。家で待つと約束した彼女が、待ちくたびれて帰ってしまったのではないかと心配になった。時計を見た。すでに一時間過ぎている。家まではさらに三十分かかる。今日は、特に何事もなく仕事をしていた。

だが、皆が帰り支度をしている時、編集長が言った。

「今日、自己批判会があるから、党員トンムと李明俊トンムは残ってください」

明俊は自分が標的になっていることを知った。彼は候補党員だったが、重要な職場細胞会議には参加できなかった。残れと言うなら、批判されるのは自分に違いない。編集室勤務の社員のうち、党員は編集長を含めて三人だ。しかし会議が始まると四人になっていた。新しく編集室に来た若い人が党員であることを、明俊は知らないでいた。

他の社員が帰った後の広い編集室には、明俊を含め五人が残っていた。編集長は座ったままで、他の者は左右に二人ずつ、編集長の机のすぐ前の机に来て座った。編集長が立ち上がって話し始めた。

「自己批判をする李明俊トンムについて報告します。李明俊トンムは、平素より個人主義的で小ブルジョワ的な態度を清算できず、党と政府が要求する課業達成において過誤を犯しました。李明俊トンムは、中国東北部にある朝鮮人集団農場の生活を報道するにあたり、小ブルジョワ的判断によって、現地の同胞たちの英雄的な増産闘争の姿を把握することに失敗し、主観的判断に基づいた、誤った報告を送ってきました。かつて偉大なレーニントンムが、『社会制度は一朝一夕に変わったとしても、人間のイデオロギーは一朝一夕には変わらない』と言ったように、李明俊トンムは、南朝鮮傀儡政府の下で腐敗したブルジョワ哲学を学んでいた頃の反動的生活感情を清算できずにいます。のみならず、李明俊トンムがそのような反動思想を正当なものであるかのように思い、反省しようとしないのは、候補党員として党と政府に持つべき忠誠心の欠如を意味しているものであり、ひいては全体人民（すべての人民）に対する重大な反逆を意味するものであると言わざるを得ません。したがって、党と政府及び全体人民の名において、冷静な自己批判を要求します。

次に李明俊トンムの書いた記事から、過ちを犯した部分を読み上げます。集団農場の生活を報告する中に、『……彼らのうちのある者が着ている服を見て、記者は驚いた。それは日本の軍服から肩章だけを取り外したものだった』とか、『履物は、地下足袋が最も多かった』とか、『……感じたのは、彼らの生活が物質的に向上するには、いっそう多くの汗と時間が必要であるという……』などという部分があります。これは実に重大な過ちです。では李明俊トンムに自己批判してもらいます」

明俊は立ち上がり、編集長が下りた壇の上に上がった。八つの眼が、彼を冷たく見つめる。

「編集長トンムの報告に、僕は同意できません」

その場がざわついた。編集長が尋ねた。

「なぜ同意できないのですか」

「僕は見たとおりのことを書いたまでです」

「彼らの中に日本の軍服を直して着ているトンムがいたということですか」

「そうです。日本軍が撤退した時、兵営で拾ったのだと言っていました」

「地下足袋は人民共和国でも似たような製品を作っています。ひょっとして見間違えたのではありませんか」

「いいえ。つま先が二つに分かれた、日本の地下足袋でした」

「いいでしょう。それなら、たとえそれが事実だとしても、その事実を報道したことが過ちだとは思いませんか」

「リアリズムは事実をそのまま書くことであると思います」

「それがトンムの危険な反動的思想なのです。社会主義リアリズムは、人民の敵愾心《てきがいしん》や勤労意欲を高め、鼓舞するために取捨選択が行われねばなりません。無責任に事実を羅列する資本主義の新聞の生理とは違います」

「しかしこの場合、どうしてそれが捨てられねばならないのか、理解できません」

「人民を侮辱することになるからです」

「過渡期に日本の軍服を着ているという事実を伝えることが、どうして人民に対する侮辱なのですか」

「トンム、昨年度、偉大な中国人民は、人民経済計画を超過完遂しました。衣料品や生活必需品は、全中国人民が着ても余るほど生産されたのです。日本の帝国主義軍隊が捨てていった物を、一人か二人の人が労働着にしていたかもしれません。しかしそのたった一つの事実を根拠に、人民が勝ち取った豊かな物質生産水準について懐疑的な報道をするのは、トンム自身の胸や頭に深く植えつけられている小ブルジョワ的インテリ根性によるものです。全体人民が新たな歴史を創造し、輝く未来に向かって前進していることの歴史的な場面に、李明俊トンムは主観的想像による判断で難癖をつけようとしたのです。今年の春、中国共産党年次大会で、毛沢東トンムが報告した経済計画報告の要旨が党員のための教養資料として配布されました。もし李明俊トンムがそのパンフレットにパーセンテージで表された統計を研究していたなら、そんな過ちは犯さなかったはずです」

明俊は、反論しようと思って顔を上げ、息を呑んだ。彼に向かっている四つの顔。それは四つの憎悪だった。間違っているかはともかく、上司の言うことには膝を屈して頭を下げることを強いる人たちの、いら立ちのあまり怒りに満ち、憎しみにゆがむサディストの顔だった。明俊は自分がどんな態度を取るべきなのかを、瞬時に理解した。謝ろう。ともかく間違っていたと言おう。その判断は正しかった。会議はそれから十分後に終わった。明俊は神妙な顔で偉大な先人の言葉を長々と引用しながら、間違いを改め、党と政府が望む働き手になることを誓った。明俊は、四人の先輩党員の面持ちが、くたびれた末の安堵と勝利の表情に変わってゆくのを見ながら、自分が貴重な要領を会得したことに気づいた。悲しい悟り。身につけたくなかった知恵。彼は胸の中で何かが崩れていく音を聞いた。昔、彼はS署の裏山で、腫れあがった口の周りを舌でなめながら、この音を聞いた。彼の心のドアが壊れる音だった。今度の音のほうが、より大きく響いた。しかし遠い音だ。鈍い響き。広場で銅像が倒れる音に似ていた。できることなら、この場に突っ伏して泣きたかったけれど、泣くためには、彼は四方の壁がまだ壊れていない自分の部屋に行く必要があった。いや、彼の心の部屋ではない。心の部屋はずっと以前に崩れてしまったのだから。両腕で描いた円の内側にある広場に駆けつけなければ。独りで泣くのは、強い人だけができることだ。それが眼に見えるものであれ、見えないものであれ、人は偶像の前でのみ泣く。偶像の前にひれ伏さなければ、思い切り泣けないこともあるのだ。明俊にはもはや、柔らかい胸と濡れた唇を持った人間の偶像しか残されていない。今日のことによって、彼は切迫したものを感じていた。

これからは、今までとはまったく違う価値観を持って生きていかなければ。その価値観の中で、彼女は一番高い所の真ん中に位置している。家の近くの路地まで来た時、明俊はほとんど走るように歩いていた。

ドアを開けると、彼女がすぐに顔を上げた。

「帰ろうとしたところでした。十数える間に戻って来なければ、帰ろうと」

明俊はコートのポケットに両手を入れ、突っ立って彼女を見ていた。彼女の手には本があった。退屈しのぎに、明俊の机にあったのを見ていたらしい。『ローザ・ルクセンブルク（一八七〇〜一九一九。ポーランドに生まれ、ドイツで活動した女性革命家、経済学者）伝』。明俊は彼女の手から本を受け取った。本を持ってページをめくった。

古本屋で見つけて、買った日に一気に読んでしまった本だ。

「おもしろいかい？」

「あんまり……」

「座れよ」

明俊は、ようやくコートを脱いで壁にかけ、自分が先に座った。彼女は明俊の表情が尋常でないのに気づいたのか、何も言わずに座った。彼は眼を閉じた。胸がからっぽだった。腹の中もからっぽだった。ひどく空腹な時に、胸や腹が痛くなったりするのに似ていた。それでいて、食欲はまったくない。

すぐには、ひと口も食べる気にならない。それなのに、胸から腹にかけて、からっぽな感じがする。内臓をそっくり抜き取ったからっぽの身体の中を、風が吹き抜ける。閉じていた眼を開けると、うつむいた額のすぐ前に、彼女が斜めに伸ばした脚があった。まだ明るいので電気をつけていない部屋の中には、夕暮れ時のそこはかとない赤みがかすかに漂っている。ストッキングを履いていない、形の良い両脚が、ふとなまなましく見えた。明俊は胸が詰まった。見れば見るほど、その細長い肌色の物体は、生まれて初めて見るもののような気がした。紺色のスカートから膝を出した脚は、ぽっきり折れ、そっと置かれたトルソーだ。愛そう。愛そう。明俊は内心、そうつぶやいた。深い所から湧き起こる、この静かな感情だけは誰も奪うことができない。この脚のためなら、ヨーロッパとアジアのソビエトすべてを売り渡したって構わない。売り渡すことができたなら。この世に生まれてから今、初めて真理の壁を探っているような気がした。彼は手を伸ばし、脚を触ってみた。これこそが確かな真理だ。このすべすべした感触。温かさ。愛らしい弾力。これを否定することができるだろうか。すべての広場がなくなっても、この壁だけは残る。人はこの壁にもたれて、新しい日が昇る朝までうたた寝をすることができる。生きている、この二本の柱。

身体が、身体を理解する。彼女は普段と変わらぬ愛撫だと思っているらしく、されるがままになっている。

「恩恵」

「はい」

おとなしく「はい」と答えるこの生き物が、いとおしい。僕は、外で負けたからこれほど恩恵に執着しているのだろうか。男は勝った時にもこれほど切実な気持ちになれるだろうか。たぶん、なれない。負けた時だけ、帰ってきてもたれる所、もたれて泣く所。哲学を信じていた時、彼女たちをなおざりにしていた。社会改造の歴史の中に新しい生きがいを見出そうとしていた越北直後の日々、允愛のことを思い出しもしなかった。今、僕に何が残っているだろう。僕に残っている真理は、恩恵の身体だけだ。道は近いところにあるということか。

明俊は彼女を手荒く抱きしめた。彼の胸の中で彼女は眼を閉じた。いつもそうだ。この女が、人民のための芸術労働者であり、人類の歴史を改める壮大な隊列と共に歩む女性闘士だと？　いいさ。それでも彼女は恩恵だ。僕のものだ。それ以外の、彼女がなりたいと望む何かかもしれない。彼は彼女に頬ずりした。分厚い唇を口で開かせ、柔らかい舌を軽く噛んだ。いつしか日が暮れ、部屋の中は暗くなっていた。彼は片腕で彼女を支え、もう一方の手で彼女のあごをなでる。首を探る。手は胸と腰に下りていった。真理に気づかせてくれた脚をなでた。すべての関節の位置をちゃんと知りたかった。じっと自分にもたれている温かい壁を手でなでて、レンガの一つ一つを確かめてみたかった。手を離せばどこかに行ってしまうような気がする。巡礼者が一生に何度も聖地を訪ねて疑心を消し、信仰を新たにするように、手に触れている時にだけ、真理を信じることができた。男がほんとうに信じることのできる真理は、女の身体ほどの大きさしかないのか。すべての偶像は、見えないものを信じられない人間の弱さから生まれる。僕も、見えないものは信じられない。

「恩恵は僕を信じているのか？」

「信じてます」

「僕が反動分子でも？」

「仕方ないでしょ」

「党と人民を売り渡す、共和国の敵でも？」

「だからどうだって言うの」

「恩恵のそんな勇気は、どこから出てくるんだ」

「わからない」

愛のささやきに関しては、男は間抜けで、女のほうが気の利いたことを言う。男は融通がきかず、女がずる賢いということなのだろうか。男は確かめ、女は信じるからだろうか。明俊は允愛を自分の胸に抱きながらも、ふと他人だと思うことがよくあった。恩恵は、允愛のような純潔コンプレックスは持っていない。おとなしく自分をからっぽにして明俊を導き入れ、燃え尽くすすべを知っていた。そんな時間が過ぎるし、彼女は明俊の髪をなでた。胸と髪を探る指に、彼は母を見た。母と息子、太古の昔からあった、人間同士のしぐさ。彼女は思い出したように言った。

「そうだ、あたし、モスクワに行くかもしれない」

「モスクワ？」

明俊は呆然とした。

「ええ。今すぐではなくて、来年の春ぐらい」

「もっと詳しく聞かせてくれ」

「モスクワで芸術祭があるの。ソ連の各共和国と、東ヨーロッパと、中華人民共和国、そしてわが国。みんな集まって。舞踊では崔承喜研究所からたくさん行くだろうけど、国全体を代表する派遣団を結成するなら、国立劇場からも確実に何人か選ばれるはずよ。それに、アンナトンムはソ連出身でしょ。案内役を兼ねて必ず行くだろうし、そうなれば、あたしたちも参加することになると思う。アンナトンムはそのことで今日もソ連大使館に行ったんだけど、あたしが出てくる時にはまだ戻ってきてなかった」

明俊は仰向けに寝そべった。モスクワ。恩恵がモスクワに行くって？　駄目だ。モスクワに行ったら、もう二度と彼のところには戻れなくなる。何の根拠もなく、ふとそんな気がした。

「どれぐらいかかるんだろう」

「何が？　出発するまで？」

「いや。モスクワにどれぐらい滞在するのかってことだ」

「三カ月から五カ月ぐらいかな」

明俊は起き上がった。

「どうしてそんなに長くかかるんだ」

「芸術祭が長いんじゃなくて、終わってから人民民主主義国家を巡回するみたい。前もそうだったし。とにかく、誰もよく知らないけど、たぶんそうだろうと言ってる」

「芸術祭があるのは確かなんだろ？」

「それは確かです。文化宣伝省に知らせが来たんだから」

明俊はまた黙り込む。恩恵は少し浮かれた調子で続けた。

「うれしくないの？」

「いや」

「うれしいの、うれしくないの？　『いや』ではわからない」

「うれしくないほうだ」

「まあ！」

彼女は驚いて明俊を見た。

「恩恵、行かないでくれ」

返事がない。彼の顔から理由を探ろうとしているのか、まばたきもせずに明俊の眼をじっと見つめる。

しばらくして、彼女が口を開いた。

「どうして？」

「三カ月も恩恵と離れたら生きていられない」

彼女は明るく笑った。

「子供みたい」

「僕は子供だ。党員でもなく、人民の働き手でもない。恩恵の前で子供みたいに振る舞う馬鹿。それが僕だ」

「どうしてそんなに党と人民を持ち出すのよ。党が、恋愛を禁止したとでも言うの」

「そうではなく、党よりも僕には恩恵が大切だってことだ」

「まあ、それはほんとうにブルジョワ的思想じゃない？」

「それなら恩恵は、僕が党のためなら恩恵も捨てるような人間になってほしいのか」

「敢えてどちらか一方を捨てなくてもいいでしょ」

「捨てたら？」

「考えたこともない」

「今、考えろよ」

「え？」

彼女はまだ、明俊がどこまで本気なのか、冗談を言っているのか見当がつかないようだった。

「もう一度言う。恩恵、モスクワに行くな」

「どうして？　何が何でも行くなと言われても……。あたしが自分の意志で決められることもでもないのに」

「行かないと決めたら、口実は何とでもつくれるじゃないか」

彼女は明らかに不満そうな顔をした。

「僕は自分の気持ちをどう表現すればいいのかわからない。だが恩恵がモスクワに行けば、僕たちは二度と会えないような気がする。わがままだということは承知している。一度だけ、無理を聞いてくれないか」

しかし彼女は何も言わなかった。

「恩恵が行ってはいけないという特別な理由があるわけではないんだ。三、四カ月離れているぐらい、たいしたことでもないだろうし。だけど、今の僕の心情としては、ひと月も離れてはいられない。それにさっき言ったように、今度恩恵が行けば、二度と僕のところに帰ってこられない気がする。どうしてなのかはわからない。ただ予感がするんだ。頼む」

明俊はずっと昔、こんなふうにすがりついたことを思い出した。そう。仁川の郊外、カモメの飛ぶ海が見渡せる窪地で、理解不能な気まぐれを起こす允愛をなだめていた時の口調。自分を信じてくれと頼みこんだ時の調子だった。允愛はついに自分の壁を崩さなかった。崩せなかったのかもしれない。ともかく、明俊の越北には、彼女に対して抱いた怒りと物足りなさが影響していたことだけは確かだ。

女たちはよく迷信を信じるくせに、いざとなるとためらうのは、どういうことなのか。恩恵をモスクワに行かせれば、自分はもう終わりだという気がした。こうなってみると、いっそうそんな気がする。口に出さなければ何でもなかったことも、一度言葉になってしまえば、崩せない塀を築いてしまう。今がそうだ。

「恩恵、何も聞かないで、僕の言うとおりにしてくれ。愛のためなら、重要なことを冗談のように押し潰してしまうこともできるはずだ。僕を愛している証拠を見せてくれ」

「ええ、行きません」

うっと声を出し、彼女は両手で顔を覆った。

指の間から涙がこぼれた。見ていると、ずっと流れ落ちている。明俊は彼女に近づき、顔を隠している手を払いのけた。手をつかまれたまま、彼女は泣き続けた。

しゃくりあげる彼女を胸に抱き寄せた。無理な願いを聞いてくれる人が彼女以外にいるだろうかという思いに、喉が詰まる。

彼女が帰った後、膝を立てて座り、長い間ぼんやりと窓の外を見下ろしていた。枯葉が窓ガラスにぶつかる音がする。乾いた生活。もう間もなく、あの音も聞こえなくなるだろう。独り暮らしでは、冬を越すのにも特に心配することはなかった。ただ、長い夜を思いにふけって明かすのがつらい。越北して以来、時間が駆け足で過ぎたような感じだ。ソウルにいる時にはあれほどのろのろと過ぎていた時間が。いや、あの頃、時間というものは存在していなかった。なかった。少なくとも僕には。生活しない人間には時間が存在しない。少なくとも彼は今、自分で稼いで食べている。だが、自分の衣食を自分でまかなうというのが、生活という言葉の意味なのだろうか。さまざまな華やかな空想とつらい生活の谷間を過ぎて、あげくの果てに行きついたのが、食べ物と着る物か。そのようだ。しかしそれをどのように稼ぐかが問題だったのではないのか。編集長の言葉が思い出される。「トンムは誤解しているようだね。トンムが共和国の面倒を見るという考えは、間違っています。トンムは与えられた場所で党が要求する課業をこなせば、それでいいのです。英雄主義的な感情を、党は望んでいません。鋼鉄のごとく堅固で徹底的な実践者が欲しいのです」。資本主義社会のあのもつれた産業秩序のアリの巣で、日ごとに人間らしい柔軟性を失ってゆく人たちと、同じようになれということだ。

旗を立てる場所は、ここにもなかった。偉大な人たちが、とっくにすべてを語ってしまった。自分の頭で考えなくてもよいということらしい。決められたとおりに動けということだ。どうしてこんなことになったのか。北朝鮮に革命がなかったせいだろう。人民の政権は、人民の槌《つち》と鎌を血に染めながら建てられたのではなかった。〈全世界の弱小民族の解放者であり永遠の友〉である赤い軍隊からの贈り物だった。バスチーユの怒りと喜びもなく、冬宮殿（ロシア皇帝が冬季に使用した宮殿）襲撃の戦慄もない。朝鮮の人民はギロチンから血が流れるのを見たこともなければ、銅像や彫刻を槌でたたき壊し、大理石の階段に押し寄せて、たいまつで皇帝の部屋に火を放ったこともない。彼らは革命の噂を聞いただけだ。三十年前に革命があったという噂を耳にしただけで興奮できるなら、感情の天才だ。一七八九年にあった革命の話を聞いて、興奮することができる人は天才だ。それも、よその国の話で。世界は一つだと？ それは、その興奮があった後の話だ。北朝鮮人民に主体的な革命体験がなかったのが悲劇だ。公文書で上から下に命令された革命、それは革命ではない。〈全世界の弱小民族の解放者であり永遠の友〉から送られた公文書であっても、それが革命ではないというのは、この思想に染まった人たちには受け入れがたい、恐ろしいことだった。それはキリスト教徒が聖書について、たとえそれが神の言葉であっても他人が記した言葉だから自分を救うことはできないと思うのが、死ぬより恐ろしいのと同じだ。しかし今までの経験から考えるならば、神はともかくとして、〈全世界の弱小民族の解放者であり永遠の友〉も他人だとしか思えなかった。他人の人生を生きることができないように、革命も公文書で代替することができないのは確かだ。それなら？　公文書による革命が与えられた条件であるなら、その条件にふさわしい行動の方式を探し出すことが、我々に託された革命であるはずだ。北朝鮮の共産主義者の革命家としての品位は、いかにしてこのことを成し遂げるかにかかっている。

公文書による革命の上にあぐらをかく役人になって、自分の頭で考えようとする人たちに眼をむき、真理を解釈する権利を独占しようとする人たちがのさばる社会。こんな社会で革命の興奮を装うのは偽善者だ。あるいは商人だ。革命を売る奴ら。革命を売って月給を取る者ども。父も、そんな革命屋に成り下がっていた。父は職を求めて越北したのか。あははは、ほんとうに革命を感じたのはロベスピエールとダントンとマラーとレーニンとスターリンだけだ。人類は悲しい。歴史が負わせたハンディキャップ。お偉方は人民を脇役としてちょっと舞台に立たせ、自分たちが美しく凛々しい主役の座を占めた気まずさをごまかそうとする。大衆はずっと興奮し続けることはできない。感激はその場限りだ。一生感情が持続するのは、一人の心臓の中でだけだ。広場にはプラカードとスローガンがあるだけで、血まみれのシャツも泣き叫ぶ声もない。それは革命の広場ではなかった。退屈なマスゲームに埋もれた運動場。こんな条件で作り出さねばならない行動様式とは、どういうものか。つらいのは、誰にもこんな話ができないことだった。独りで苦しまねばならない。ずっと勉強してきた。それなのに今度は他人のせいにできない、ほんとうの絶望が訪れた。新聞社や中央図書室の本を読みマルクシズムの密林の中をさまよいながら、李明俊は、初めて知的絶望を感じた。それはまさしく密林だった。それらしい一本道を見つけたと思ってたどっていけば、いつの間にか、それこそ〈かつて〉踏みならされた密林の中の広場に通じていたり、今、自分が持っている道具や装備では、とうてい下りられそうにない断崖絶壁が現れたりするのだった。〈全世界の弱小民族の解放者であり永遠の友〉たちも、この密林のどこかで道を間違えたのに違いない。それならば、この密林には道がなく、だから地図もなく、すべて自分の手で作るしかないということになる。命への愛と、長い時間が必要になるだろう。

明俊は、恩恵のいない平壌は耐えがたい気がした。女はたいていそうだが、恩恵も、ある特定の社会でなければ暮らせないという女ではない。ローザ・ルクセンブルクにはなれない女だ。ローザのように心身の苦痛を経済学で説明するほどの教養もなかったし、恩恵自身の性質もそうだ。彼女が思想を気にかけていないことには、時々驚かされた。明俊は、彼女のそういうところが好きだった。自分に都合よく、無知な女にやすらぎを求めようということばかりではない。できることならば、彼女と入れ替わりたかった。自分の魂と何のつながりもない時代の夢から離れていられる彼女に、明俊は恩寵を見た。神は、自分の愛する者には思考の習慣を与えないらしい。彼女に対するこんな思いには、後になって考えると、嘘が混じっていたのかもしれない。しかし、ある人がある時に真実だと感じることを、嘘だと断言できる人がいるのか。恩恵がモスクワに行くとごねたなら、明俊はどうなっただろう。その考えは彼を戦慄させた。彼女が泣きながら彼の願いを聞き入れた時、明俊はとてもうれしかった。彼女がいとおしかった。自分が彼女の立場であれば、そんなことはできないと思った。ボリショイ劇場で豪華な公演に参加し、ヨーロッパを歴訪するのは、華やかな喜びであるはずだ。特に芸術家ならば。彼女は時折、イデオロギーで分断された世界地図を忘れた人のように、とんでもないことを言った。「パリで絵の勉強をしたら、役に立ちそうなんだけどな」。バレエなら、パリでなくてもいい。帝政ロシアの時代に設立されたバレエ学校がそのまま発展して、バレエがソ連で最も重要な芸術分野の一つとされていることは、明俊も耳にしていた。この機会に派遣団に入ってモスクワに行けば、輝かしい未来が彼女を待っているかもしれない。それなのに彼女が明俊のわがままを聞き入れて愛の証拠を見せようとしてくれたのが、ありがたかった。

布団を敷いてもぐりこんだ。『ローザ・ルクセンブルク伝』が、恩恵が置いていったまま、机の下にあった。本を拾い上げてぱらぱらと見てから鼻先に近づけた。

気のせいか、彼女の匂いがするようだ。本を離し、彼女の匂いを思い出してから、再び鼻先に本を当てた。匂わない。部屋に入って座った時に見た、彼女の脚が思い浮かんだ。そうだ。自分の脚が僕に与えた衝撃を、恩恵は知らない。いつか彼女に、それに見合うだけのお返しをすればいいじゃないか。するさ。できる。電気を消した。風が強いらしく、木の枝を揺らしながら通り過ぎる音が、水かさを増した早瀬のように勢いよく流れた。

結露した水滴の流れる暖かい部屋の窓ガラスを通して、明俊は遠い海を見ていた。明沙十里《ミョンサシムニ》（江原道元山《カンウォンドウォンサン》市にある砂浜の名）が一筋の太い帯のように水平線の上に浮かんでいる。元山海水浴場の労働者休養所に来て一週間になる。取材ではなく、ほんとうの休養だ。明俊は最初、なぜ自分が全国の模範的労働者だけが来る所で過ごせるのかわからなかったが、父が手配してくれたことを後で知った。父のそんなやり方に、明俊は反抗しなかった。最近の彼は、自己批判会の時に会得した要領を、自分でも気づかないうちに実践していた。これから先、平穏に働かなければならないのだ。そうしようとするなら、小さなことで俗物たちと衝突してはいけない。海を渡ろうとする人が、水たまりに落ちて死んではならない。

この休養所は、個人の別荘を国家の所有物にしたものだ。主として夏用だが、冬は冬なりに、松林に散在するこぢんまりとした別荘の中の一室で、波の音を聞きながら眠りにつき、波の音に目覚めるのも悪くはない。こんな所でも読報会（新聞などの教養資料を読み、政策や時事問題を報告する会）だの教養事業だのが行われていたものの、普通の職場に比べれば、ずっとゆるいことは間違いなかった。

越北してしばらくは聞き慣れない言葉の意味を理解するのに苦労した。〈教養事業〉もその一つだ。それまで明俊にとって〈教養〉という言葉は、極めて個人的な体験に基づくものだった。その〈教養〉に〈事業〉をくっつけるのは、グラジオラスの花瓶に電気モーターを取りつけたみたいに、ひどく不自然に見えた。しかし同じ言葉を何人もの人が繰り返せば、新たな意味が成立する。〈トンム〉という呼び方もそうだ。誰に対してでも使えるような呼称がなかったせいでもあるのだろう。弁証法の言い方を借りれば、量的な発展が質的な変化をもたらす現象だとでも言えるだろうか。ともかく、この休養所でもその教養事業というものがあったけれど、きついものではなかった。心身を休養させる場所で、通常と同じ政治教育をするのは愚かなことだ。おかげで、この休養所で過ごす人たちは、当分の間、窮屈な暮らしから解放される。

スチーム暖房のある部屋で寝ていると、明俊は時折、錯覚を起こす。僕はブルジョワの一人息子なのか。中央政府の高官を父に持つ、若い湯治客か？　どうしてそう思うのだろう。偉くなるほど清貧に甘んじるというのは、一度も守られたことのない、東洋的な偽りの美徳だ。気になるとすれば、この程度のぜいたくすら、党の指導層や模範労働者にしか許されていないという点だろう。やめよう。これだから、僕という男は太ることができないのだ。ああ、高官である父が電話で指示して息子に何日かぜいたくをさせたところで、人民共和国が潰れたりはしないさ。李明俊。つまらないことを言うな。俗に、歴史は犬の皮をかぶって虎の踊りを踊ると言うではないか。時が来れば、古い犬皮は投げ捨てられるのに、どうして子供みたいに泣きわめく。黙って高みの見物を決め込んでいればいい。大鵬（九万里を一気に飛べるという、想像上の大きな鳥）の志を誰が知ろう。あがいたところで、当面は父や、父と同年代の人たちがこの社会を動かすことになっているではないか。死者は死者に葬らせよ。

晴れた冬の日。輝く空の青さに比べれば、海はそれより濃い暗緑色に見えた。右手に遠く二、三羽のカモメが羽ばたきながら飛んでいる。こんな空の下で、楽しんではいけないはずがない。わが国の空は一流の風流客だ。決して顔をしかめたりしない。泣き叫んだりしないからね。粋なんだ。

ドアの開く音に、振り返った。食堂で働く少女が、簡単な朝食と新聞を運んできた。少女の頬がお盆の上のリンゴみたいに赤い。明俊はその頬を指でつついてからかった。

「金トンム、今朝はいちだんとかわいいね」

「嘘」

十四歳の少女は無愛想に言い、戸口で舌を出してからドアを閉めた。足音が遠ざかる。明俊は楽しくなってきた。片手にリンゴを持ち、新聞を開いた時、思わず声を上げた。もう一度を見た。地方のニュースに、

――舞踊芸術団、来訪
大きく書かれていた。

その活字の背後に、にっこり笑う恩恵の顔が見えた気がした。彼女の一行は全国巡回公演をしていた。一行の中にはモスクワに行くメンバーもたくさんいたが、恩恵は出演者が足りないから同行するのだと言って、十日前に平壌を発った。今頃は咸鏡道《ハムギョンド》辺りを回っているだろうと思っていたのだが、ここで会えると思うと震えるほどうれしかった。公演は一時からだ。そういえば、今日は日曜日だ。トランクからカミソリを出して洗面所に走った。


公演が終わるとすぐ、彼女は後ろのドアから出てきた。

「おや、こんなに早く出てきて大丈夫かい」

「大丈夫。それより、どうしたの」

「うん、元山まで来たと言うから、突然会いたくなってね」

彼女はにらみつけた。明俊は、ただ笑った。

「伝言をもらった時はちょうど出番で、さっと見てトウシューズの中に入れて舞台に出たんだから。いくら観覧席を眺めても、いないじゃない。終わってすぐシューズの中を探したんだけど、メモがなかったの。だから、何かの間違いかと思っちゃった」

バレリーナを連れて劇場の裏門から出るのが、気恥ずかしかった。彼女は資本家たちのおもちゃではないんだぞ。立派な芸術労働者だ。芸術家に恋人がいてはいけないとでも言うのか。

僕はパトロンではない。彼女のパトロンは人民だ。これはブルジョワ社会の舞台裏ではない。そんな汚らしいざまは、この社会には見られない。そういう点はいい。そう思うと、気分が軽くなった。国営食堂で食事を済ませ、松濤園《ソンドウォン》まで歩いた。

海水浴場に通じる丘に上がると、冬の太陽はもう傾きかけていた。波の音より、松林を吹き抜ける風の音のほうが大きかった。松濤園という名は、松の木と波という意味ではなく、松の木が波のような音を立てるということではないだろうか。明俊はそんな思いつきを、並んで歩く恩恵に話した。

「さあね」

彼女はうわの空で片付けてしまった。不満げに見えたが、部屋に入って彼女の顔色をうかがうと、そうでもなかった。

電灯の下で見る彼女は、ずっと明るく見えた。彼女はまず頭にかぶったスカーフと手袋を取り、次にコートを脱いで壁にかけた。明俊はじっと立って見ていた。満足だった。たくさんの人が見る舞台に立っていた女を、自分の寝床に連れ込む男の感じる誇らしさだ。明俊はそんなくだらない感情を打ち消すために、何か強烈なことを言いたい衝動にかられた。

彼女は窓に向かって立ち、暗い外を見ていた。女が男を呼ぶ姿勢だ。背後に近づいた。彼女は外を見たまま動かなかった。窓ガラスには結露した水が流れている。うなじが、とても白く見えた。明俊は女の肩に手を載せた。

次に彼らが会ったのは三月中旬、国立劇場の舞台裏だった。巡回公演から戻った恩恵は、疲れているように見えた。彼は恩恵を片隅に連れていって聞いた。

「芸術団がモスクワに行くのは何月だったっけ」

彼女の顔はたちまち曇った。

「どうしてそんなことを聞くの」

「すまない。この頃、僕はちょっと変なんだ。恩恵がこうしていても、その時になったら、ふっといなくなってしまうような気がするんだよ」

「まあ」

彼女は両手で顔を覆った。

「ごめん、僕が悪かった。ほら、みんなが見てるよ」

彼女はそれでも手を離さなかった。

「ごめん。僕を見て。見てったら」

ようやく彼女は手を離し、明俊をまじまじと見つめた。

「あたしを信じてないのね。それなら、ほんとうにそうしましょうか」

「勝手にしろ」

彼は背を向けて出てきた。後を追ってきた恩恵が、ささやいた。

「今日の夕方、行くから」

その夜、彼女は来なかった。

翌日の夕刊で、明俊は恩恵たちの一行がその日の朝、モスクワに発ったことを知った。

洛東江《ナクトンガン》（朝鮮半島南部を流れる川）の戦場の暗い夜に、雨が降る。李明俊は耳を澄ませて足音を聞こうとしたけれど、闇を濡らす雨音ばかりで、他の音を聞くことはできなかった。眼を大きく開け、自分の座っているこの洞窟に至る狭い坂道に、それらしい姿を見ようと眼をこらしても無駄だった。雨音と闇だけが満ちていた。人間とはどうしようもないもので、何も見えない暗闇の中でも、李明俊は眼を見開いていた。待つとは、そういうことなのだ。身体にしみついた癖は、こんな時には滑稽だ。何も聞こえないのに耳をそばだて、何も見えないのに眼を皿のようにするのは、身についた習性であるらしい。

季節外れの雨に震えつつ、見えない闇の中を見つめて人影を待つこと。人生に敗れた李明俊がこの戦場でできるのは、それだけだ。雨合羽を着ているし、彼がいるのは奥行きが三メートルほどある、半月形をした砂岩の洞窟だから、雨はそこまで降り込みはしなかった。彼は洞窟の奥ではなく、入り口近くに座っていた。

彼女が現れる道の、できるだけ近くにいたい。彼は恩恵を待っていた。

彼は充愛の身体からは、確かな反応を得たことがない。彼女が自分のものになったと思った途端に、また理解しがたい抵抗をされると、ガラス越しに物を触っているみたいなもどかしさを覚え、底知れぬ虚しさに突き落とされたような気がした。それは、人と付き合うということが、身体の付き合いですら、いかに信じがたいものであるかを物語っていた。

照りつける太陽の下、遠い砲声を聞きながら塹壕に立っていると、この大きな戦争が自分とは何の関わりもない遠い話のように思えたりもした。

師団司令部で、恩恵の姿を見かけた時、最初は見間違いだろうと思ってそのまま通り過ぎた。深く考えもせず、ちょっとした錯覚だろうと思った。背後に足音が近づき、自分の名が呼ばれた時も、足を止めたまま、すぐには振り向けなかった。彼女は看護兵になっていた。

昨日の夕方ここで会った時、彼女はいっさい言い訳をしなかった。してもしなくても同じだ。再会できただけでありがたい。責める気持ちは毛頭ない。誰が正しいとか間違っているとかを判断する力はもうなかった。思想と恋人と肉親をすべて失い、つかみどころのない死に漠然と向き合っていた時に恩恵が再び現れたから、ともかく落ち着いていた気持ちを乱されてしまったと思う一方、叫びたいほどうれしかった。

何か聞こえたような気がして、洞窟の外に身を乗り出すようにして闇を見つめたが、すぐに気配は消えた。来られなくなるような事情ができたのではないか。二時ぐらいになっただろう。昼に会った時には来られると言っていたから、何事もなければ来るはずだ。だんだん心配になってきた。ひょっとして、道に迷ったのではないか。彼はこの洞窟を、司令部に行く途中で、近道を探そうとわざわざ山に登った時に見つけた。それ以来、少し時間ができると来て横たわったりする、自分だけの隠れ家になっていた。人目につきにくい場所にあるこの洞窟で横になると、楽に休める。誰か一人ぐらい連れてこようかと思ったこともあったが、やめた。他の人に知られたら、この洞窟が与えてくれるやすらぎが、その分、減るような気がしたからだ。

近くで確かに気配がした。

明俊は暗闇の中でうずくまった。彼の名を呼ぶ恩恵の声を聞くと、外に出て手さぐりで彼女を中に導いた。雨合羽を脱がせて入口近くに置いた。歩いてきたからか、彼女の身体は温かい。大粒の砂でできた地面から上がってくる冷気を防ぐため、自分の雨合羽を敷いた。彼女の背に腕を回して抱いた。彼の上着の前裾をつかんだ彼女の手に、いっそう力が入る。

「許して」

もちろんだ。もちろん許すさ。何を許せって言うんだ。許すの許さないのという問題かどうかはともかく、恩恵、お前が許してくれというなら、もちろん許すよ。僕はもう、他のことは何の自信もないけれど、許すことだけは自信がある。イエス・キリストはおそらく前世に罪をたくさん犯したんだね。だからあれほどまでに、許せと叫んだんだ。お前たちの中に罪のない者がいるならこの女に石を投げよ（「ヨハネ」八章七節）と言った時、きっと自分のことも含めて言ってたんだよ。イエスのように立派にはなれなくとも、お前一人を許すことはできる。彼は腕に力をこめ、彼女を抱き上げてその耳に口をつけた。

「愛している」

「モスクワに行っても、つまらなかった。ごめんなさい。戦争で帰国して、募集があった時、あたしは真っ先に看護兵に志願したの。必ず会って謝りたいと思ったから。もう死んでも構わない。ごめんなさい。あたしが憎くても許してください」

「愛している」

「許すと言って」

「愛しているというのは、許すという言葉を十回繰り返すのと同じじゃないか？」

彼女は声を上げて泣き始めた。恩恵は、戦争前に平壌の彼の下宿で、モスクワには行かないと誓った時も、こんなふうに泣きじゃくった。そして今、その誓いを破ったことを許してくれと言いながら泣いている。考えてみれば、允愛は一度も明俊との約束を破ったことがない。約束を破ったとすれば、明俊のほうだ。あの時、前後の事情はともあれ、何も言わないまま越北したことは、愛する者同士の間では裏切りというほかはない。だが、不思議だ。きちんとしていて、しっかり者で、約束を破ったことのない允愛は、心の中まですっかり理解することができなかったという印象が残っているのに、約束を破った恩恵のことを、自分は一寸の疑いもなく信じている。誓った時、彼女は本気でそう思っていたのだろう。そして今、許しを請う彼女の気持ちにも、嘘はないのだ。彼は彼女が泣くままにしておいた。洞窟の中で聞く雨音は大きな音なのに、天と地がささやきあっているみたいに優しく響く。彼女の泣き声も雨だれのように優しく、いつまでも聞いていたい気がした。

二人はほとんど毎日会った。夜に会うこともあったし、昼間のこともあった。約束しない時も、ふと彼女が洞窟で待っている気がしてこっそり山を越えれば、たいてい彼女が洞窟の奥の壁にもたれて座っていた。格式だの細かい礼儀みたいなものが、面倒で無意味に思える戦場。形のない死の影に向き合う日常の中で、不安ともどかしさを打ち消す力を、二人は互いの身体に探していた。


洞窟の中に座って外を見ると、右手の彼方に、上部が折れた高圧線の鉄塔があった。その上に白い雲が浮かんでいる。小学生の時、写生の時間に十センチ四方の網目を作り、風景をその四角い枠で区切ってスケッチしたことがある。

それを使うと、やたらに広くてどこから描いていいのかわからなかった風景を、思う通りに切り取ることができた。この洞窟の入り口は、その枠のようにきっちりとした形ではない。四角形の角が潰れたような形で、しかも縁に雑草が茂っている。そんなふうに切り取られた空間はそれなりに鮮やかで、晴れて陽炎が揺らめく中に開けている風景は、美しかった。この洞窟から外を眺めるようになって以来、世のすべての風景が美しいことに気づいた。左も右も塞がれ、上下も遮られている穴から、明俊は別の世界を眺めていた。洞窟の中のわずかな空間で獣のようにうずくまり、戦車と大砲と兵隊と共和国が血を流している外の世界を見物人のように眺める自分を責めるには、李明俊はあまりにも疲れていた。地面の温かさが自分の体温のように感じられる洞窟の中で、李明俊は穴で暮らしていた人たちの自由を羨んだ。穴を掘ってその中に伏せ、オスとメスの匂いをたどっていた時代を恋しがった。こうして眺める外の風景は美しい。原始人の眼には、すべてのものが美しかったはずだ。あの豊かな日差しの饗宴。この土の優しいぬくもり。どうして僕たちは自由にこの風景を美しいと思えないのだ。物音がした。恩恵だった。彼女は身をかがめて入り口から入り、明俊の側に身を横たえた。薬品の匂いがする。彼女は帽子を取って頭の下に敷いた。そうして、唐突に言った。

「どうしてこんな戦争を始めたんでしょうね」

「孤独だったからだろう」

「誰が」

「金日成トンムだよ」

彼女は再び眼を閉じた。しばらくすると向き直り、明俊の胸を触った。

「自分が寂しいからといって、他人を巻き込む権利があるの？」

「権利？　誰もが自分に権利のないことをやらないでいたなら、この世はとっくに天国になっていたさ」

「金日成トンムは恋人がいなかったんでしょうね」

「いても、うまくいってなかったんだろ」

「李トンムが首相だったら、どうしたと思う？」

「僕？　僕ならこんな馬鹿なまねはしない。戦争なんてしない。僕なら、こんな内閣命令を出すね。朝鮮民主主義人民共和国のすべての人民は、人生を愛する義務を負う。愛さない者は人民の敵であり、資本家の犬であり、帝国主義者たちのスパイだ。何人《なんぴと》といえども、愛さない者は人民の名において死刑に処す。そんなふうに」

「ははは」

彼女は男みたいな笑い方をした。そして両手で持った明俊の首をやたらに揺らす。

「そんな詩人を首相に持つ人民は、とんだ災難ね」

「詩人？　ああ、それなら、こんなことを引き起こすやつらが科学的だとでも言うのかい？　違うよ」

自分の首にからみついた恩恵の手を持って引っ張る。女の眼が曇りながら、身体に力が入る。彼は女を抱き寄せ、眼をつぶった。胸。腹。脚。彼女の身体が彼の身体とぴったりくっついて震えている。戦争が起こる前、彼女と一緒に過ごしたことを思い出す。初めてモスクワ行きのことを話した日の夕方。元山海水浴場の一夜。そして背信。愛らしかったのも憎らしかったのも、同じ女だ。今、抱いている、この身体だ。この身体がモスクワに行けば裏切りで、洛東江に来れば後悔になるって？　右手で恩恵の軍服のボタンをはずした。次には、革のベルトをはずした。大きなバックルが重い音を立てる。この美しい身体に、こんな醜い金属をつけるなんて。この身体を、大理石の柱が支えるボリショイ劇場の舞台から、戦車が血を吐く戦場に呼び出したのは誰だ。この芸術家のかぼそい身体まで人殺しに駆り出すために？　駄目だ。お前たちがもし人民の名をかたって僕たちをだまそうとするなら、僕たちも仕返しをしてやる。人を見くびるな。

お前たちが一文《いちもん》ごまかすならば、きっちり一文をだまし取ってやる。戦車と大砲を守れと連れてこられた戦場で、僕たちは原始の広場を訪れる。こんなふうに。

ボタンと革ベルトをはずした、ルバシカのような形の草色の上着を脱がせる。露わになった彼女の胸に顔を埋める。その胸の中では、あらゆる種類の音がする。大声で叫ぶ機関銃の音。発作のように弾ける大砲の音。戦車の車輪が地面にめりこむ音。悪意のこもった鋼鉄の塊を落とす爆撃機のエンジン音。そんなものよりも、ずっと遥かな音。松林を吹き抜ける風の音。堤防に打ち寄せて砕ける波、遠い潮騒。

眼を開けて恩恵の顔をのぞき込む。彼女も眼を開けて視線を合わせる。互いに父母《ぶも》未生以前《しょういぜん》(禅の言葉で、親すら生まれる以前のこと)の遥かな昔に失った自分の片割れであることが、身体ではっきりとわかる。自分の身体でなければ、こんなに愛せるわけがない。彼は腕を回し、彼女の腰を抱きしめた。後悔しない。僕が英雄でないことは、とっくに知っている。そんなおおげさな呼び名は、御免こうむる。

この女を死ぬほど愛するオスであれば、それでいい。この日差し。あの夏草。熱い土。四本の脚と四本の腕が固くからみついた原始の小さな広場に、夏の真昼の太陽があえいでいた。凪はない。

ある日洞窟で会った時、彼女は片手にハサミを、明俊は前線からもたらされた敵情報告書を握っていた。彼女は患者用のテントで働いていてそのまま抜け出してきたようだったし、明俊が手にしていた報告書は、一刻も早く知らせねばならない性質のものだった。恩恵がポケットに入れもせず片手に握った銀色のハサミを、明俊はまぶしそうに見ていた。金属が夏の太陽を反射していたからではない。二人はそれぞれ罪の証拠を持っていた。恩恵の手の中のハサミがこんな時間にこんな場所にあるせいで、助かったはずの兵士が何人か命を失ったかもしれず、切らないですんだはずの脚を切断するかもしれない。彼女はナイチンゲールの、出来の悪い後輩だった。明俊の持っている報告書には、敵が友軍の一師団を全滅させようとしていると書かれていたかもしれない。それは単なるたとえではなく、あり得る話だ。この時間にこの場にいるのは、反逆者でなければできないことだ。彼は洞窟の入り口で突っ立っていたことに気づき、あわてて彼女を中に導いた。

戦局は日増しに悪化していた。航空機の助けを得られない共産軍は、小さな場所を守るのにも、大きな犠牲を払った。医療施設もろくにない。そうなると、軍医官と看護兵の区別も意味がなくなった。応急処置すらできないほど薬品が不足しているのだから、軍医とて手当てができるはずもない。恩恵は患者たちの世話に追われ、一日の睡眠時間は三、四時間ほどだった。昼間、洞窟で会う時も、彼女は先に来て居眠りしていることが多かった。明俊の胸で震えていても、まだ荒い息遣いのまま、うわごとのように、患者が待っていると言って彼を押しのけて立ち上がった。そんな気持ちはよくわかっていても、その場では物足りなく感じる肉体の生理が、こんな時には悲しかった。

横になって見ると、わざわざ覆い隠しでもしたかのように洞窟の入り口を覆っている夏草が、青空を背景にして、海草のようにゆらゆら浮かんでいる。半径三メートルの半月形の広場。李明俊と恩恵が互いの胸や足を探り、からみつきながら、生きていることを確かめる、最後の広場。

その頃、共産軍の保有するすべての火器が前線に集められていた。山の中腹に造られた退避壕の中の戦車が夜の闇に乗じて、射撃に有利な前方に移動させられた。

予備隊は残らず前方に配置された。明俊は司令部で噂を聞いた。近く総攻撃があるだろう。そう告げると、恩恵はにっこりした。

「死ぬ前に、せっせと会いましょうね」

その夜、明俊は二時間近く待ったけれど、ついに彼女は現れなかった。

翌日、共産軍のすべての火器は、最後の総攻撃の火ぶたを切った。しかし、作戦の情報が漏れていたと思わざるを得なかった。ほとんど時を同じくして、待ち構えていたかのように空を黒く覆って現われた国連軍の爆撃機は、都合よく集結していた共産軍の火器と兵力を打ちのめした。洛東江に、水ではなく血が流れたというのはこの戦闘のことだ。恩恵は、せっせと会おうという約束を、永遠に守れなかった。戦死したのだ。


収容所で、恐ろしい夢を見る。人民軍が占領したソウル。以前はS署だった建物の地下室だ。明俊は机一つを挟んで、栄美の兄、泰植と向かい合っている。そこは政治保衛部になっており、自分は保衛部員らしい。泰植がソウル市内で捕まった時、彼は小型カメラを持っていて、フィルムには人民軍の施設が写っていたという。泰植は允愛と結婚しているようだ。允愛は二階の別の部屋で面会を待っている。泰植の顔は拷問によって崩れている。

「君がこんなことをするとは、意外だな」

「思っているまま話してもいいか？」

「もちろん、好きなように答えろ。昔のように」

「じゃあ、言おう。君がそんなことをやっているのも、僕には意外だぞ」

「そうだろうな。しかし、僕のような人間は、こうなる可能性を持っていたんだ。だが、君は」

「僕を見くびるな。どんな人間でも、そんな可能性はあるんだ」

「君がこんなに苦労するほどの値打ちが、南朝鮮にあったのか」

「君がそこに座るほどの価値が、北朝鮮にあったのかと聞きたいね」

「聞かれたことに先に答えろ」

「人は、必ずしも価値があるから行動するのではない」

「じゃ、何だ？」

「価値を創り出すために行動することもあるのだ」

「君みたいな愛国者を、どうして南朝鮮は評価しなかったんだろうな。僕は捕まってここに来る奴らが、ほんとうに憎い。こんなに愛国者がたくさんいるのに、どうして南朝鮮はこのざまなんだ」

「言ってもいいか？」

「言えよ」

「君みたいな奴が、越北したからだ」

「そう言ってくれるとうれしいね。しかし、君は南に残ったじゃないか」

「いや、僕が残ったのは、六月二十五日（朝鮮戦争が勃発した一九五〇年六月二十五日）から今日までだけだ」

「遅かったな。そうだ、遅かった。僕に頼みたいことはないか？」

「拷問は耐えられない。早く銃殺してくれ」

「誰にも知られずに死んでもいいのか」

「君は北に行って俗物になったな。僕はつらいから、さっさと楽になりたいだけだ」

「今、僕は君に友情を感じない。君が苦しんでいる時、僕は笑わなければならないのが、はっきりわかるな」

「君はそんな悪党だったのか」

「自分を拘束するための罪を、僕は自分の手でつくろうと思う。君の奥さんが、二階の僕の部屋で僕を待っている。彼女に、僕が生まれ変わるのを手伝ってもらうよ」

泰植が椅子から立ち上がる。

「やめろ！　君の良心を信じる。自分を生かす方法は、他にいくらでもあるじゃないか」

「他の方法？　まあ、栄美でもいればな」

唾が飛んできた。

「いいぞ。もっと興奮しろ。新しい僕の誕生を助けるために」

明俊が泰植の顔を殴る。手錠のかかった手で顔を覆って倒れる泰植を、脚で蹴飛ばす。泰植の顔が、たちまち血だらけになる。その色は、何年か前にこの建物の中で刑事に殴られて流した血を連想させる。あの時の刑事と同じように、泰植の胸ぐらをつかんで立ち上がらせ、また顔を殴る。自分にあの刑事が乗り移ったような幻覚。人が他人を殴りつける習性は、こんなふうに身体から身体に移るんだな。肉体の道理。床に前のめりになって倒れた泰植の下腹を蹴る。自分が操り人形になったように、意識と身体の間に隙間があって空回りしているような気がする。

今度は允愛と会っている。

「黙って消えて、すまなかった」

「……」

「でもこうして、また来たじゃないか。允愛に会いに来たんだよ」

允愛の肩に手を載せる。

「やめてください。知っているくせに」

「何を？　昔の恋人だけど、今は人妻だということか？　知ってるさ。知ってるからこうしてるんだ」

「いけません。こんなことをしては」

「允愛、僕は今も允愛を愛している」

允愛を壁に押しつける。片手で彼女の腕をつかみ、壁に押しつけて動けないようにする。チョゴリ（民族服の上衣）の襟に指をかけ、下に引き裂く。袖が取れる。その時、どこかで鳥の鳴き声が聞こえ、そこで夢が覚めた。

それが夢であったことを知った瞬間の喜び。幸福。そんなことはなかったという確信から来る幸福。それが現実ではなかったとは、何と幸いなことか。夢の中であざのできていた泰植の顔。怯えた允愛の白い顔。ため息をつく白い胸。そんなものはなかった。いくらなまなましくても、それは夢だ。友人を一人挙げるとするなら、それは泰植だった。允愛には大きな借りをつくったが、自分があんなことをするなど、考えたこともない。僕の気持ちに関わりなく起こった出来事、それは僕のものではない。

平壌を出発して洛東江の前線に来る途中、ソウルに着いてすぐに昔の家を探したら、家には誰もいなかった。空き家を管理していた町役場の職員によれば、泰植は軍事施設を撮影していて捕まったのだそうだ。驚いたけれど、夢の中でのようには考えなかった。都市全体がひっくり返ったようなソウルの雰囲気は、何があっても不思議ではないようなカオスだったからだろう。

南の海は鉄条網の布団をかけて、棺の中に眠っているね。海よ、閉じ込められたのは、僕かい、君かい？　夢だとわかって、それが現実でなかったことを知っていても、夢の記憶までは消えない。そんな時、夢と、夢を回想することは、どれほど違うのだ。

ソウルを出る前日、前線司令部と市人民委員会の間を何度も往復した。平壌を出る時、父が、助けが必要になれば訪ねてみろと教えてくれた人物を訪ねたが、彼は席にいなかった。こんな状況で、はたしてそんな頼みを聞いてもらえるのかは疑問だが、ともかく聞いてみるべきだと思った。現実ではない悪夢を捕虜収容所の寝床で回想することも、無駄足に終わった現実の出来事を回想することも、どちらも同じように、自分の置かれている状況がいかに虚しいかを教えてくれる。世の中がひっくり返ったソウルをさまよっていた、あの日の自分。自分のいた場所なのに、ひどくなじめない気がした。家の階段を上がりながら、以前、鄭先生がミイラの棺を開けたことを思い出した。自分の使っていた部屋に行く途中、ふと、その部屋から出られないでいる自分に出くわしたらどうしようと思った。部屋はがらんとしていた。昔、ミイラの棺の蓋を開けた時の、あの空白が、そこにあった。

昔のまま保存されている部屋に長く留まることはできず、次に鄭先生の家を訪ねた。

その家も留守だった。顔なじみの家政婦が、固い表情で初対面のように接した。ソウルに帰ってきたのに、明俊にとって、ソウルは空白だった。訪ねてゆく相手は皆、不在だ。仁川まで行く時間はない。允愛には、そんなふうに借りばかりつくった。訪ねていったところで、いないかもしれない。訪ねていけなかったという事実も、いわば、あったら良かったことがなかったという不在として残っている。

恩恵がモスクワに行ってから、彼の密室はすべてからっぽだ。そのからっぽの部屋の根が、すべて鄭先生宅のミイラの棺にあるように思える。まるで身体の中に身体があるロシアのマトリョーシカのように、国土の南端の海に浮かんだこの巨済島も、まるで棺のようだ。捕虜という名の、死んだ兵士たち。彼らがひもでつながれたニシンのように力なく横たわって眠る広場が、その棺だ。ひもを通されたニシンの中の一匹である、自分の身体。その身体の中に棺があり、その棺の中にまた棺があり、一番内側に、鄭先生宅の、あのミイラの棺。ミイラの棺の空白の中に、また別の棺があるような気がする。最も深い棺。一番内側にある棺。その空白の主人公が、僕だったんだな。こんな寂しい最後の棺に到達するために、僕は生きてきたのか。

この棺に横たわっている僕は、悪夢ではない。これは夢ではない。これは覚めることのできない夢だ。この夢から覚めることはできない。現実だから。しかし夢を回想する自分と夢を見る自分は、何が違う？　夢を回想するには夢の中にいなければならないではないか。夢の中にいようとするなら、それは夢を見ているということではないのか。明俊は、南の海に浮かんだ鉄条網で覆われた棺の中に横たわったまま、いない人たちを探して何度もソウルの街を歩く。

回想の中で会う人たちの言葉は、実際に当時そこで彼らが言ったことなのか、今、回想している自分の記憶が作り出した言葉なのか、もう区別がつかない。記憶がそんなふうに記憶したいから、そう回想しているだけの、記憶の夢かもしれない。そんな回想にふけりながら、李明俊は南の海を眺める。輸送船が毎日、青い油のような海の表面を波立てながら入ってくる。補給倉庫のある海岸に停泊する。

夢の中の場面を実際にあったことのように思い、それに対して責任を取るため誰かを探して歩く自分を、回想していた自分。夢であることを知りながらも、その場面を何度も思い浮かべていた、収容所時代の自分。

それは洛東江の前線司令部で、初めて恩恵に会った瞬間のようだ。あり得ないことが起こった時の、まるで夢から覚める瞬間のようにいらだたしい虚無感。再び見られないだろうと思っていた生が現れ、夢から覚める時のように当惑した。

S署で泰植や允愛に会ったことが夢だとわかってからも、それが夢だと知った瞬間を何度も思い出し、その瞬間はそのたびに初めてのように呆然とし、そのたびに不思議で、それが夢だったという喜びが新鮮だった。現実でないと知りながら思い出すことは、確かに現実だった。その感じは、南の島でそうしている自分の状況にふさわしい不安定さだった。夢だとわかっている夢から覚める瞬間から、抜け出せないでいる自分。

テーブルに開かれた海図の上にコンパスが放り出されていて、船長は見当たらなかった。

マカオが近づくと、釈放者たちは再び船長に上陸させてくれるよう頼んでくれと彼にせがみ始めたが、明俊は最後まではねつけてしまった。彼らの顔に刻まれた不満と敵意を見ても、気持ちは揺らがなかった。積もり積もった疲労が一挙に押し寄せたのか、肩が重く、人と話すのもおっくうだ。

送還登録が始まった当時、当惑したことを思い出す。第三国行きを選択できると聞いた時、まさに自分のために用意された道だと、彼は思った。

停戦のニュースを耳にして、明俊はどん底に突き落とされた気分だった。北に帰る気は毛頭ない。父が戦争中にどうなったのかは知る由もなかったが、生きていたとしても、それだけでは北を選ぶ理由にならない。父さんは父さんで生きていくさ。親孝行をするには、現実があまりにも重かった。それに、北のような所で、血のつながりに何の意味がある。そう考えると、北に帰る理由は何もなかった。そこには誰もいない。恩恵もいない。ある人間がある社会に属しているということを、その社会の中の誰かと結ばれているということだとするなら、結びつくべき人のいない社会の、どこに根を下ろせるのだ。しかも、その社会自体に対する信念すら失ってしまった今になって。信仰を持たずに礼拝するのがつらいように、信念を持たずに政治の広場に立つのも恐ろしい。コミュニストとは、越北した時に想像していたような、そんな人種ではなかった。一時は彼らのことを、信念が失われた現代における、一つの奇跡だと思っていた。理想主義の最後の守り手。彼はスターリン主義とキリスト教、特にカトリックを同じ精神の所産だとするアナロジー（類比）を、配給された手帳に記してみた。

キリスト教

1、エデンの園の時代
2、堕落
3、原罪の中にいる人類
4、旧約時代の諸民族の歴史
5、イエス・キリストの出現
6、十字架
7、告解の秘跡
8、法王
9、バチカン宮殿

スターリン主義

10、文明共産社会

エデンの園での過ちから法王制に至るキリスト教の歩みは、コミュニズムの誕生と発展の歩みに不思議なほど合致する。それは双子の図式だ。

哲学を学んだ彼は、そうなった訳を見逃すことができなかった。それは、マルクスがヘーゲルの弟子であったことから来ている。ヘーゲルの思想は、聖書から歴史的な衣装を脱がせ、地方色を消して純粋な図式だけを抽出したものだ。ヘーゲル哲学は、いわば聖書のエスペラント語訳だ。図式は、優れているほど模倣しやすい。マルクスは先生が努力して裸にしたものに、再び服を着せた。経済学と理想主義という衣装を。

初期教会の素朴な情熱やまごころのこもった信仰が現代の教会に見られないのと同じく、コミュニズムも、表面上は広い土地を支配するようになったとはいえ、創始者たちが正直に考え真面目に生かそうとしていた素朴な信念は、とっくに失われている。ヘーゲル哲学がヨーロッパの人々の信念において甘いアヘン、洗い流せない毒素となったように、李明俊にとって、スターリン主義の社会で暮らした経験は消せないものだった。

そこで彼らが幻に仕えていたことを、自分の眼ではっきり見たからだ。それは自分の頭で真実を探すのではなく、儀式に頼る場所だった。

自ら行動するのではなく、鉄のようなくびきが支配する所。愛と許しではなく、憎しみと復讐。ロシア正教会の聖書の代わりにマルクスを選んだ、皇帝《ツァーリ》の国。

スターリン主義におけるマルチン・ルターは、まだ現れない。クレムリンに反抗する人は、異端審問所で火あぶりにされた。権威は今でも健在だ。神が再臨するという言葉が二千年間先延ばしにされてきたように、共産楽園の再現は三十年の間、延期されてきた。ここまでが、彼が調査することのできた、断崖の端っこだった。崖から飛び越えることも、つたい下りることもできないのに、この恐ろしい密林で、果たしてどんな居場所をつくれるのか。自分の能力、知的体力に対する信頼は、どんどん小さくなった。だからといって、北朝鮮社会ではこんな問いを誰かと力を合わせて解決していくような生き方も不可能だった。しかしそんなことは、朝鮮戦争以前から知っていた。長い歳月を耐え抜く用意もできていた。歴史の意図を解き明かす呪文をただちに見つけられないからといって、生きるのをやめるわけにはいかない。耐え、少しずつ、自分の頭で少しずつでも道を拓《ひら》いてゆくつもりだった。だが戦争が勃発し、彼は捕虜になってしまった。明俊は、いったん捕虜になった者が北朝鮮のような所で陥る状況を想像し、自らの運命を嘆いた。人並みの忠誠心を認められ、自分が信じるとおり、残された歳月を平穏に、しかし自分の力が及ぶ限り正しく過ごしてゆくような人生すら許されないはずだ。帝国主義の黴菌《ばいきん》に感染した奴だと言われ、何かにつけて引きずり出されて懺悔《ざんげ》を強いられるだろう。町中に住んではいても、人間扱いしてもらえないムンドゥンイ（ハンセン病患者）のように。そんな状況で、何ができるというのか。

これが、北に帰れないほんとうの理由だった。それなら？　南を選ぶのか？　明俊の眼には、南韓《ナマン》（大韓民国）とは、キルケゴールふうの言い方をすれば、実存しない人たちの、広場ならぬ広場だった。

狂信も恐ろしいが、何も信じられないことも虚しい。ひとつ良いことがあるとすれば、そこには堕落する自由と、怠ける自由があった。ほんとうにそこは自由な所だった。今日コミュニズムが人気を失っているのは、闘争の相手、すなわち敵を、具体的に示すことができなくなったからだ。マルクスが生きていた時にはあれほど明白だった人民の敵が、今日では探知機の針もぶれるほど、ぼやけてきた。哀れな人民は、貧しさと悪の元凶を探そうと、細分化され、もつれにもつれた社会組織の迷宮をさまよったあげく投げ出してしまい、昔ながらの占い師の所に駆けつけ、『土亭秘訣《トジョンビギョル》』（朝鮮時代から伝わる運勢占いの本）に従って一年の運勢を見てもらう。一流学者の分析力と直感をもってしても、現代社会の仮面をかぶった腐敗組織を見つけるのは難しいのだから、金さんや李さん（一般の人々）を責めるのは、どう考えても酷だ。だから自由がある。北には、この自由がなかった。怠ける自由すらなかった。それは個性を抑圧することだ。南の政治家たちは天才的だ。どこの飲み屋も人でいっぱいで、「俺は泣くために来たんだろうか、笑うために来たんだろうか」（流行歌「波止場」の一節）と胸をかきむしって苦しむ大衆のために、より多くの酒造会社に設立許可を出す。売春禁止法を作れという女性団体の訴えは、その日の新聞記事になるのがせいぜいだ。彼らの政治哲学は、狡猾極まりない。エネルギーの発散をせき止めれば、流れがどこで噴出するかをよく知っている。それでいて自分の子供には、教会に通うように心から勧め、外国に留学させて高い教育を受けさせたがっている。

こんな社会にもあんな社会にも行きたくない。南北の残忍な捕虜政策。二つのうち一つを選ばねばならない。朴憲永同志が逮捕されたそうです。伝え聞いた、その不吉な消息。父さん。明俊は、袋小路に追い詰められた動物だった。その時、中立国への送還が、南北の間で合意された。袋小路で魂が抜けたようにしゃがみこもうとしていたら、突然ロープが下りてきたのだ。その時の喜びを、彼は今も覚えている。板門店《パンムンジョム》。北に帰るよう説得する人たちの前に立った時ほどの爽快さは、それ以前もそれ以後も、一度も味わったことがない。

部屋の中では、通路より少し高い所にその人たちが座っており、捕虜は左から入って右に抜けるようになっている。四人の共産軍将校と、人民服を着た中共代表が一人、計五人の前に進み出て足を止める。前に座った将校が、優しく笑みを浮かべて言う。

「トンム、お座りなさい」

明俊は動かなかった。

「トンムはどちらに行きたいですか」

「中立国」

彼らは互いに顔を見合わせる。座れと言った将校が、テーブルの上に身を乗り出して言う。

「トンム、中立国も資本主義の国ですよ。飢えと犯罪だらけの、知らない国に行ってどうしようと言うのです」

「中立国」

「考え直しなさい。取り返しのつかない、重大な決定ですから。誇らしい権利を、どうして放棄するんですか」

「中立国」

今度は、その横にいた将校が身を乗り出す。

「トンム、人民共和国では参戦勇士たちのための年金法令を出しました。トンムは誰よりも先に職場が与えられ、人民の英雄として尊敬されるでしょう。全体人民はトンムの帰りを待っています。故郷の草木もトンムの凱旋を喜びますよ」

「中立国」

彼らは額を寄せ集めてひそひそと相談する。

最初に話しかけた将校が、再び口を開く。

「トンムの心情もよくわかります。長い捕虜生活で、帝国主義者たちの狡猾なたぶらかしに惑わされてしまったことも許せます。そんな心配はしなくてよろしい。共和国はトンムのささいな過ちを責めるのではなく、トンムが祖国と人民に捧げた忠誠をより高く評価します。報復行為はいっさいしないと約束します。トンムは……」

「中立国」

中共代表が、何か鋭い声を上げた。説得していた将校は、憎悪に満ちた眼で明俊をにらんで吐き捨てた。

「もういい」

視線を、今ドアを開けて入ってきた次の捕虜に移してしまった。

明俊は同じ言葉だけを繰り返して答えながら、別のテントで同時に進行しているはずの光景を思い描いていた。そしてその場にも自分を立ててみた。

「君はどこの出身ですか」

「……」

「うむ、ソウルですね」

相手は、前に置かれた書類をめくりながら、

「中立国と言ったところで、漠然としています。自分の国ほどいい所があるものですか。外国に行ったことのある人は誰しも、外国に出てみると祖国の大切さがわかると言うじゃないですか。あなたが今胸に抱いている鬱憤は、私もわかります。過渡期にある大韓民国がさまざまな矛盾を持っていることは、否定しません。しかし大韓民国には自由があります。人間にとって何よりも大切なものは自由です。あなたは北韓《プッカン》（北朝鮮）生活と捕虜生活を通じて、そう感じたはずです。人間は……」

「中立国」

「おやおや、強要するのではありませんよ。ただ、自分の国の自分の民族の一人が、遠い異国の地に行こうとしているのだから、同族として参考意見を言わずにはいられないのです。我々は南韓二千万同胞の依頼を受けてここに来ているのです。一人でも多く、祖国に連れ戻してくれという……」

「中立国」

「あなたは高等教育まで受けた知識人です。祖国は今、あなたを必要としています。あなたは危機に瀕した祖国を捨てようというのですか」

「中立国」

「知識人ほど、不満が多いものです。しかし、自分の身体をなくすことはできないじゃないですか。腫れ物ができたからといって。あなた一人を失うのは、無学な人を十人失うよりも手痛い、民族の損失です。あなたはまだ若い。我々の社会には、なすべきことが山ほどあります。私はあなたよりちょっと年上の友人として忠告したい。祖国に帰って、祖国を再建する働き手になってください。知らない国で苦労するより、そのほうがあなた個人にとっても幸福だと信じて疑いません。私はあなたをひと目見た瞬間、すっかり気に入りました。変に思わないでください。弟みたいな気がしたんです。もし南韓に帰ったら、個人的な助力も惜しまないつもりです。どうですか？」

明俊は顔を上げ、きちんと整えられたテントの天井を見上げる。

「中立国」

その人は持っていた鉛筆でテーブルをつつきながら、横に座ったアメリカの軍人のほうを向くだろう。アメリカ軍人は、肩をそびやかし、眼くばせをして笑うだろう。

出口の前で、書記の机に置かれた名簿に署名してテントを出ると、彼はまるでくしゃみを我慢していた人のように、身体をのけぞらせて思い切り笑った。涙がにじみ、唾が喉に引っかかってむせながらも、笑いは止まらなかった。

海をくれると言われたところで、海水を飲み干してしまうことはできない。人が飲めるのはどんぶり一杯の水。くれるというのも荒唐無稽だし、もらおうとするのも馬鹿げている。海と、一杯の水。その間に横たわる深淵。涙と汗と血。それを判別できないのが、間違いの元だ。貧しい後進国に育った知識労働者の深い悲しみ。科学を信じたのではなく、魔術を信じていたんだ。海を一杯の〈命の水〉に変えてやるという、魔術師の言葉を。彼らは知っていながら、権力という薬を売るために詐欺を働いたのだ。愚かにも聖杯を探しに行って、気配を感じて港を振り返ってみると、彼らは港を支配して居座っていた。海で遭難し、真実を知って戻ってきた者たちを、彼らは監獄に閉じ込めるだろう。悪い菌を移さないために。歴史は牛の歩みのごとくのろい。人間の大きな矛盾や業《ごう》に比べれば、何の痕跡も残せないに等しい。物質生産の収益を均等に分配することだけが、どの時代にも適応できるものなのだ。同じではないか。はるか昔に、人類が導き出した知恵。人間という条件からくる悲しみや喜びを公平に分かち合うこと。そうしたところで、人間の条件がこれから乗り超えるべき困難の大きさに比べれば、何でもない。人が成し遂げたものに眼を向けず、成し遂げるべきものにだけ眼を向ければ、人はたちまち生きる力を失う。人が解決すべきことを一度に示すこと――それが死だ。恩恵が死んだ時、李明俊という船で、最後のマストが折れた。成し遂げたものに眼を向けて生きる力はもう残っていない。運命に逆らわず、さっさと老けこんでしまう人もいるはずだ。その人ごとに用意された身体の道、心の道、集団の道。船が難破して頼るもののない遭難者は、港を忘れることにして流れに身を任せて出てゆく。幻想の酒で酔うことのない島に着くことを願って。そしてその島で幻想を持たずに暮らすために。恐ろしいものをあまりに早く見たせいで疲労困憊した身体を、寿命が自然に尽きるのを待ちながら休めるために。そうして決めた、中立国行きだった。

中立国。僕を知っている人のいない所。一日中うろついても、肩をたたく人のいない街。僕がどんな人間だったか知らないだけでなく、知ろうとする人もいない。

病院の守衛、消防署の見張り番、劇場の切符売りみたいに、気を使わないでよくて、一日中、同じことを繰り返す仕事に就くんだ。守衛室の中で、僕は身体の病気を治しに来る人たちを眺める。玄関をきれいに片付け、朝と夕方に花壇の花に水をやる。院長先生が出勤した時と帰宅する時には、立ち上がって敬礼する。看護婦たちに頼まれるお使いは、喜んで引き受けてやらなきゃ。新聞を買ってきてだの、角のお菓子屋さんでチョコレートを一つ買ってきてくれだのというようなかわいい頼みは、一生懸命やってあげる。彼女たちは給料日になると、小遣いを集めて安物の帽子や靴下みたいなささやかなプレゼントをくれるだろう。僕はお礼を言い、腰をかがめて受け取る。そしてにっこりするんだ。新米の看護婦は、こう尋ねる。

「リーおじさんは、中国人？」

すると古参の看護婦が、ちょっと軽蔑したように言う。

「この子ったら。コリアンだそうよ」

僕はずっと笑顔のまま黙っている。夜も宿直室で寝る。夜中に見回りをして、宿直の看護婦がガスこんろを消し忘れているのを発見して、その大きな病院を火事から救う。

僕は表彰され、事務員にしてやると言われる。僕は帽子を手に、椅子から立ち上がって言う。

「院長先生、私はもう仕事に戻ります。あまり長く席を開けられないので」

庭を横切って守衛室に歩いてゆく。院長が窓辺に立ち、尊敬のまなざしで見つめているのを背中に感じながら。僕は時々新聞を読む。せいぜい海外トピック程度だ。

何年かに一度は、コリアの話が数行の記事になっているだろう。

「コリア観光協会は、コリアに来る外国人旅行者たちが年ごとに増加し、子供たちが彼らを追いかけるために勉強をさぼるという現地住民の不満を政府当局に強く申し入れ、そのために内閣が倒れた」

この記事を見て、僕はにやりとする。首をかしげてのぞきこんでいた看護婦が言う。

「こんな国は、さぞかし暮らしやすいでしょうね」

結婚？　しない。結婚できなくて嫁探しに来たのではないのだから。

あるいは、都市がひと目で見渡せる火の見やぐらで一日中過ごす、消防署の見張り番はどうだろう。高い所から眺める都会の景色は、生活の場であり、歌であるはずだ。その歌が、すなわち生活だ。カブトムシみたいに這い回る自動車。マッチ箱みたいに四角い工場と、煙突。おもちゃみたいな建物の屋根が、いつも足の下にある。僕はその屋根の下で繰り広げられている光景を思い描いてみる。男が女の前にひざまずいて、愛していると言う。僕の愛を、どうやって表せばいいのだと、駄々をこねるような態度だ。女は首を軽く横に振りながら、ただ笑っている。

「お嬢さん、信じてあげなさい。この人が言ってることは、ほんとうですよ」

僕は自分の立場も忘れ、聞こえるはずのないことを言って助太刀する。聞こえなくても構わない。良い言葉を聞きたいなら、もっと立派な人がいくらだっているだろう。とどのつまりは助言など役に立たないもので、人に助言する資格のある人はいない。助言できるのは神様だけだが、彼も今は疲れている。昔みたいに優しくはない。責めてはいけない。何かのはずみで、そうなってしまっただけだ。人と神様、どのみち他人同士なのだから、むしろそれでよかったのだ。火が見える。おや？　市長の家の近くだ。大きな音でラッパを吹く。道を塞いでいるな。走る。ああ、ホースで水をかけている。もう見なくてもいい。早い段階で見つけたら、火事は消したも同然だ。人間のこともそうかな？　ああ、知ったことか。面倒なことは、もう言わない。火消しが、無駄口をたたいてどうする。

あるいは、劇場の切符売りはどうだ。料金を差し出す手を見て、仕事や年齢をぴたりと言い当てられるようになった頃、切符の自動販売機を導入しようという意見が出る。僕は全国の切符売りの先頭に立ち、大統領官邸の前でプラカードを持ってデモをする。

「劇場の切符売り場で味わう、楽しい混雑を殺すな」

通りすがりの大学生がプラカードの文句を見て、友達に言う。

「昔のモダニストの詩みたいだな」

マチネのある日は、夜は休みになる。地味なよそ行きに着替えて、いつもの飲み屋に行く。弱い酒しか飲まないのにチップをはずむから、店の人はいつも優しい。店の女が、恋愛のまね事をしようと誘うような眼つきをする。僕は指で、そんなことをしては駄目だというしぐさをする。彼女は乙女のように顔を赤らめ、しかし眉毛をつり上げて見せて、あっさり引き下がる。僕はアパートに住んでいる。いつも定時に出勤して定時に帰宅するから、いや実のところはそれよりも家賃の支払いがきちんとしているから、マダムは家のことや外のことについて、身内に話すみたいに打ち明けてくる。すると僕は冗談に紛らわせてしまう。八号室の若い男は酒を飲むとガスの設備が良くないと不満を言うが、どうしたらいいでしょう、部屋代は何カ月も溜めてるくせして。僕は、ああ、ガス会社の人を七号室に入居させたらどうですかと答える。マダムは笑ってしまう。マダムも苦労人だ。

そんなことが、知らない国で起こるだろうと信じた。だから中立国を選んだ。

彼は戸棚の扉についている鏡に顔を映してみた。血走った眼、こけた頬。乱れた髪。五月の若葉のようにみずみずしく新たな暮らしを始めようとする僕が、どうしてこんなざまなんだ。

彼は再び階段を下りた。昨夜、見張りをしていた年寄りの船員が、木の箱をかついで通り過ぎようとした時、彼に気づいて声をかけてきた。

「ミスター・リー、カルカッタに着いたら、俺が一杯おごるよ」

昨夜のことが、船じゅうで話題になったに違いない。釈放者たちが無理難題をふっかける中、明俊だけが冷静に行動したために、いっそう信頼されたようだ。特にどうということはないが、どちらかと言えばうわの空で冷たい態度を取り、時には横柄ですらあったムラジが昨晩示してくれた気遣いも、明らかにそれが原因だった。明俊は船内のそんな雰囲気を感じ取り、どうしようもなく憂鬱になった。他人が勝手に自分を英雄に仕立て上げてしまったのが、気に食わない。そんなふうに思ってもらいたくてしたことではない。考えてみれば、あの時、金《キム》がどうしてあれほど憎かったのかわからない。あの時、どうしてむかついたのか自分でも理解できないのに、この人たちは勝手に解釈して、高く評価する。かついでいた箱は軽いらしく、船員は片手で箱を持ってデッキに置き、明俊に煙草をくれと言った。

「カルカッタに着き次第、上陸させるらしい」

「その時に、酒をおごってくれるんですか」

「ああ」

「どうして僕に？」

「え、どうしてかって？　ふむ」

老いた海の男は、明俊の問いに、少し戸惑ったようだ。彼の単純な頭脳では、なぜ自分が明俊に好感を持つのか説明するのは難しいに違いない。明俊はおかしくなった。彼は意地悪く詰め寄った。

「どうして僕に酒を飲ませてくれるんです」

船員は降ろしていた荷物を、また肩に載せた。

「とにかく、おごりたいんだよ」

船員はそう言うと、これ以上ぐずぐずしているとどんな目に遭うかわからないとでも言うように、わざと下半身を妙にぐらつかせながら、しかも荷物を持っていないほうの腕を大きく振り回しながら、船首のほうに逃げてしまった。明俊はその後ろ姿をぼうっと見ていた。海に生きる人の言葉は、男らしい。とにかく、おごりたいんだ。彼は自分の部屋に戻りかけたが、思い直して後方の手すりの所に行った。ここが何となくお気に入りの場所になっていた。独りになりたい時は足が自然に向いたし、ここに来ると考えがまとまった。それに、ここはめったに人が来ない。角を曲がった所にある、何の飾りもないデッキが、白い日光に照らされた小さな遊び場のように見えた。こうして壁にもたれてデッキを見下ろしていると、小学校の時、学校の塀にもたれて日なたぼっこをしたことを思い出す。それほどひっそりとしていた。人がたくさんいる場所を避けて、いつもこんな場所に来る気持ち。他人と離れ、みすぼらしくとも独り占めできる広場にいないと気持ちが安まらないのは、どうしてだろう。これはおそらく、弱い者の隠れ場所だ。

洛東江の戦場で見つけた洞窟だってそうだ。彼はそこに誰も連れていかなかった。連れていけば、その洞窟から得られる、清らかな静けさが失われるような気がしたからだ。恩恵が現れた時、彼女にも洞窟を使わせてやった。最も親しいメスにだけは、隠れる洞窟を教えてやった。人間とはそういうもの、いや僕はそういう奴だ。あの荒廃した戦場で、狭い場所にしばらく独りで座っているとは、どういうことだったのだろう。最初は女を連れ込むつもりではなく、自分だけの時間と場所をつくろうと思っただけだ。あるいはインスピレーションで恩恵が来ることを予知して、彼女と二人で抱き合うための洞窟を確保したのだろうか。

笑わせないでおこう、誰かを笑わせないでおこう。他人に聞かれたら恥ずかしい。僕たちの命を操っている者の眼から見れば、どんな人間も似たり寄ったりだ。自分だけが特別だと思うなんて、馬鹿なことだ。人は、広場で負けると洞窟に退く。しかし、負けない人など、この世にいるのか。人は、一度は負ける。ただ、どれほど負け方がみすぼらしいか、立派かの違いだ。立派な負け方？　風流な人たちは時に立派な負け方をするとしても、誰しもいつかは負ける。僕は英雄が嫌いだ。平凡な人が好きだ。自分の名前も捨てたい。何億匹の人間の中の、名もない一匹であれば足りる。ただ僕に小さな広場と、一匹の友をくれ。そしてこの小さな広場に入る時には、誰も僕を無視しないで、許可を得てから活動するようにしろ。僕に無断で、その一匹の友を連れ去ってはならないということだ。しかしそれは、ひどく難しいことだったんだな。

デッキをよく見てみると、反射する光の明るさが場所によってまちまちだ。

ほんの少し、わずかだが濃淡がある。デッキの木目の色がちょっとずつ違うせいなのかと思って観察してみてもよくわからないが、ともかくその上に照り返す日光の角度が一定ではない。しゃがみこんでデッキに手を当てた。温かい。なでてみた。表面はざらざらしていて、温かいわりには優しくなかったけれど、手のひらには、実際に触れたからこそ確かな何かが感じられた。何度もなでてみた。以前、恩恵の身体を、こんなふうになでた。太陽で温められたこの木の床のように温かく、これとは比較にならないほど滑らかな物質だった。自分の手を見た。それは何かを探り、何かをつかんでいなくては耐えられない、寂しい奴だ。

希望の船出、新たな人生の門出ではないか。どうしてこんなに虚しいのだ。ムラジや年寄りの船員は、カルカッタで酒までおごってくれると言うのに。なぜだろう。立ち上がって手すりを持ち、海を見下ろした。船尾では海水が大きな渦を巻いては、後ろに長いうねりを作りながら進む。巨大なロープを編むようによじれる海水は、発達したアキレス腱を連想させた。その時、その水の泡の中から白い物が矢のごとく飛び出し、彼の顔に向かってきた。驚いて避けようとすると、その物体は彼の頭上を過ぎて後ろに飛び去った。振り向いた。カモメだ。船の後ろで、急降下したり舞い上がったりしていたのだろう。あいつらだ。船に乗って以来、彼を苦しめている影は。動作が素早いから、誰かが自分をのぞき見ていて、振り返ればさっと隠れてしまうような幻覚を起こさせていたのだ。彼はつかんでいた手すりに額を当てた。頭の中がからっぽになるようなめまいに、しばらく動けなかった。吐き気がする。手すりから身を乗り出すと白っぽい液体が落ちた。海に届く前に消えた。それは、ひどくちっぽけに思える光景だった。口の中にたまった苦い唾液を一気に吐き捨て、海に背を向ける。これまで船酔いはしなかった。船体が大きく、天候も良かったから船旅は順調だった。くらくらするのをこらえながらデッキを歩いた。船員が見張りをしていた辺りでもう一度唾を吐いて、廊下に入る。船室のドアは大きく開いていたが、外に向かった窓のブラインドが下がっているから、どの部屋の戸口も暗かった。

自分の部屋に入った時だ。自分についてきていた影が、ドアの所で立ち止まったような幻覚が、また起こった。

朴のベッドの枕元にウィスキーの瓶があった。彼は腕を伸ばして瓶をつかみ、振り返った。白い影が矢のように飛んでゆく。追いながら、力いっぱい瓶を投げた。影は遠くに消え、瓶は敷居に当たって粉々に砕け、飛び散った。明俊はそれ以上追いかけず、じっと立ち尽くしていた。当惑している朴を残したまま、ベッドに上がって仰向けになった。胸がどきどきする。手を胸に当てた。呼吸が荒い。砲弾のように飛んできた海鳥の白い身体が、網膜にペンキをかけられたみたいに、まだ脳裏に焼きついていた。起き上がり、また横になった。また起き上がった。どうにも落ちつかない。横になって休むのを諦めてベッドから下りた。まだそこに立っている朴をちらりと見た。朴は近づいて何か話しかけそうにしたが、無視して部屋を出た。左右の部屋のドアから突き出ていた顔が、一斉に引っ込む。まっすぐ船長室に行った。船長の姿は見えなかった。戸棚の鏡に映る自分の姿を見たくなくて、鏡から顔をそらして座った。何をするつもりなのだ？　昨夜、唐突に彼を襲った疑問が、ふとよみがえった。船の後ろから相次いで矢のように飛んできた白い鳥の姿をまた思い浮かべた。あいつらか？　彼は額にこぶしを当てた。頭は、むしろはっきりしていた。

また吐き気がこみ上げてきた。歯をくいしばって、苦い唾を飲み込む。ギャアギャア。カモメの鳴き声がした。飛ぶように窓辺に駆け寄り、上半身を外に突き出して空を見上げた。

カモメたちはしばしの休息を取るように、マストに止まっていた。あいつらのせいだ。とんでもないことではないか。ギャアギャア、キェッ、キェッ。あざ笑うような鳴き声が落ちてくる。彼は首が痛くて顔を元に戻した。僕を怯えさせた、この不吉な鳥ども。

宙を見ていた視線が、戸棚の鏡に止まった。眼に殺気がある。戸棚の扉を開ける。右のほうに猟銃が立ててある。薬室（弾丸を装填する所）を見ると、弾丸が入っていない。それは引き出しの中にあった。弾丸を装填し、安全装置をはずす。近距離にいる動物を狙う猟師のように、そっと窓に近づいた。カモメたちは、やはりそこにいた。窓枠に背を当てて身体を外に向け、銃を肩に当てる。空に雲はない。槍のようにそびえたマストで、白い鳥たちはじっとしていた。二羽のうち下のほうのカモメが、すっと照準に収まった。後は引き金を引きさえすれば、あの白い海鳥は銃口に向かって落ちてくる。その時、妙なことに気づいた。銃口をまっすぐ向けられているカモメは、もう一羽の半分ほどの大きさしかない。

最後に会った時に恩恵が言ったこと。総攻撃が近づいていると知りながら、二人は普段と変わりなかった。愛し合ったあと、彼らは並んで横たわっていた。「あのう」。深い井戸の底から呼ぶような、人間の声らしからぬ深い響きのある声で、彼女が言った。「何だ？」。「あのう」。明俊はその声の深さに身体が強張った。「何だよ」。「あのう」。彼女はこちらを向いて男の首を抱き、声と同じぐらい深く、男の唇にキスした。そうして、男の耳に、その言葉をささやいた。「ほんとか?」。「たぶん」。明俊は起き直り、女の腹を見た。深くくぼんだへそに、汗がたまっていた。唇を持ってゆく。しょっぱい海水の味だ。「あたし、女の子を産むの」。恩恵の腹は脂ぎっていた。すらりと引き締まった舞台の上の姿を見た眼で裸体を見ると、いつも驚かされた。その脂ぎった皮膚の下に、このしょっぱい水の海があり、彼らの子供と呼ばれるはずの魚が一匹、そこに宿ったという。女は男の肩をつかんで自分の胸に近づけながら、男の根を持ち、自分の白く脂ぎった柱の間に茂る森に隠れた、深い、海に通じる洞窟の中に押し込んだ。「女の子を産むの。お母さんが、あたしが最初に産むのは女の子だって言ってたから」。銃口で狙った鳥が、もう一羽の半分ほどの大きさなのを見て、李明俊はその鳥の正体を知った。すると小さな鳥と眼が合った。鳥はじっと見下ろしていた。この眼だ。航海の間じゅう、かくれんぼをしてきた、あの顔のない眼は。その時、母鳥の声が飛んできた。あたしたちの子供を撃たないで! 頬に当てた銃身が震えた。銃口の先には、綿のようにふんわりした塊。流れる雲が、マスト近くに来ていた。

壊れた機械のようになりながら、乗り出していた身体をやっとのことで戻して銃を下ろす。鏡に顔を映すと、額に大粒の汗がにじみ、みっともないほど頬が震えている。

人が上がってくる気配に、素早く弾丸を抜き、戸棚の扉を開けて銃を元の所に戻した。扉を閉めて向き直るのとほとんど同時に、船長が入ってきた。

親しい間柄でよくやるように、船長は明俊に眼を向けもせず、テーブルの前に歩いていって、海図の上に身をかがめた。明俊は表情を見られまいとして窓辺に立ったまま、船長に背を向けた。海図の上でコンパスが動く音だけが聞こえる。

「ミスター・リー」

「はい」

「インドに着いたら、すてきな美人を紹介するよ」

「美人？」

「うむ、私の姪だ。まずうちに行って家族に会ってから」

船長は身体を起こし、明俊が立ち塞いでいる窓と反対側の窓から、ぼんやり遠くを眺めた。もうすぐ会える家族のことを思っているようだ。やがて彼はテーブルから離れると、戸棚の前に行って扉を開き、猟銃を手に取った。明俊は凍りついた。船長は猟銃のあちこちを触り、以前したように、明俊に渡した。明俊は銃を受け取り、きちんと正しい姿勢で肩に当てた。彼は銃身と身体を一緒にぐるりと回し、海を狙った。銃口のずっと先で、海と空がゆらゆらと触れ合っている。海を撃つのか？　銃身を支えている左腕が、細かく震えだした。彼は銃を下ろして船長に返し、部屋を出る。船室に戻る。朴の姿はなく、ドア付近に割れたガラス瓶の破片が散乱したままだ。床に落ちた破片を踏む。ガラスは靴の下でバリバリと音を立てる。しばらく踏むと、もう音がしなくなった。部屋の中を見渡してから、またデッキに出る。いても立ってもいられない。彼は船長室を見上げる。またあそこに行くこともできない。カルカッタで酒をおごってくれると言った年寄りの船員の所に行ってみるか？　しばらく歩いて機関室に行く。そこに彼はいない。食堂に行ってみる。そこにもいない。残念な気がしてくる。寝室に行く。彼のベッドは空で、具合が悪いのか、一人の若い船員が額に手を当てて寝ている。またデッキに戻る。あの老人に会ってどうするのだ。老人を探すのは、やめることにする。足は自然に、後ろのデッキ、彼の場所に向かう。そこは、相変わらず周囲に人の気配もなく、太陽だけが照りつけている。手すりを持ち、下を見る。スクリューが水のうねりをかきわけている。いくら見ても見飽きない。しばらく見ていると、水の動きに引き寄せられて彼の心も海となり、泡を立てながら水をかきわける。錯覚ではなく、確かな現象が起きる。波と心の距離がだんだん近くなる。ついに彼の身体と波は一つになる。彼の身体は逆さになって水に落ちる。よじれてはほどける波の中で身体がほどけてゆく。彼の身体は、ぐるぐる巻きにされたロープみたいに船上に置かれたままなのに、スクリューの立てる泡のようにだんだんほどけて、澄んだ海水になる。身体の細胞がばらばらになり、その一つ一つが水滴と一緒に跳ねる。

船が後ろに作る水のうねりは、やがて大きな海の中に沈んでしまう。跡形もなく消える。海が傷を癒す力は、とてつもなく強い。海は、傷つけることのできないプルガサリ（鉄を食べて生き、矢や槍で攻撃されても死なない伝説上の怪物）だ。その中に埋もれてしまう。身体は、しきりにほどける。

倒れそうなほど前に傾けた身体を、あわてて元に戻す。手すりから離れ、デッキにしゃがみこむ。眼にはまだ、渦を巻いて広がる波の残像がちらちらしている。それすらも消えてしまった時、ぼんやりとした影が背中に覆いかぶさってくる。また立ち上がり、手すりを握る。波を見ていると、ほっとするからだ。今、彼の頭の中には何もない。何でもいいから眺めて、自分の中の空白を埋めなければ、ただちに倒れてしまう気がする。しばらくそうした後、船室に戻る。部屋はさっきと同じように誰もいない。

自分のベッドに上がる。寝るためではない。特に何を探すということもなく、枕元をごそごそさぐる。手に固いものが触れた。扇子だ。ドアの辺りに人の気配がした。すぐ振り向いたけれど、誰も現れない。できるだけゆっくり下りて、床に立つ。何かすることはないかと探す人のように、きょろきょろする。部屋の中には、今更、彼の注意を引くようなものはない。足先でそっと押してガラスの破片をひと所に集め、踏みつける。音がしない。もっと力を入れて踏む。ガラスは踏んだ力の分だけ足の裏を押し返すけれど、もう砕けるだけ砕けてしまったのか、びくともしない。廊下に出る。廊下にも人はいない。船長室に上がる。船長はいない。戸棚を開ける。銃が元の位置に立ててある。扉を閉める。引き出しを開け、さっき船長が入ってきたために戻しそこねた銃弾を、元の所に戻す。とても重要な任務を成し遂げた人のように、気が軽くなる。テーブルの所に行って海図をのぞきこむ。この船がたどってきたルートが鉛筆で記されている。

船長がするように、コンパスを指にはさみ、海図の上で距離を測るまねをする。しばらく遊んでから、コンパスを投げ出す。その時、片手に扇子を持っていたことに、初めて気づく。

さっきベッドでつかんだまま持ってきたのだ。椅子に腰かけて扇子を開く。カモメが海の上を飛んでいる絵が描かれている。扇子をたたんだり開いたりした後、眼を閉じる。頭の中に果てしない平原が広がり、かすかな影が日の出のように少しずつ姿を現す。

……開かれた扇子がある。扇子の広いほうの縁を、哲学科の学生、李明俊が歩いてゆく。秋だ。脇に挟んでいた大学新聞を出してのぞき込む。ちょっと誇らしげに。女を軽蔑してはいないが、得体の知れない生き物だと思っている。

本を集めたり、ミイラを見に行ったりする。

政治は軽蔑している。その軽蔑は、実は政治に対する強い関心の裏返しであり、父のことが影響していることには気づいている。次に、扇面の中ほどに、海を望む窪地がある。そこから見るとカモメが飛んでいる。允愛に話している。允愛、僕を信じてくれ。僕を信じてくれ。生臭い魚の匂いがする船の中で、波に揺られてうとうとしながらユートピアの夢を見ている彼がいる。朝鮮人集団農場の宿舎の窓から燃える夕焼けを、その力強さを羨むように眺める彼もいる。よれよれのトレンチコートの中に、干葉《ひば》のごとく色あせた心臓を抱いて恩恵の待つ下宿に向かう、九月のある日の夕方がある。ドアに後頭部をぶつけながら、悪魔にもなれない自分を、いつまでも笑っている彼がいる。彼が生きる場所は扇形で、それがだんだん狭くなっていた。最後に恩恵と二人で抱き合っていた洞窟が、その扇の上にある。人が抱く命の夢など、みな似たようなものだ。どこからかそんな声も聞こえた。彼は今、扇の要《かなめ》の地点に立っている。人生の広場は狭くなり、ついに両足の面積だけになってしまった。さあ、これからは？　知らない国、誰も自分を知っているはずのない遠い国に行って、すっかり新しい人間になるためにこの船に乗った。人は、知らない人たちの中に交じれば、自分の性格まで思いどおりに選べると信じている。性格を選ぶだなんて。すべてがうまくいくはずだった。ただ、一つのことさえなければ。彼は二羽の鳥のことを、ついさっきまで知らなかったのだ。墓の中で子供を産んだ女の勇気を、生まれたばかりの赤ん坊を片腕で抱き、もう一方の腕で墓を壊して空高く舞い上がる女を、そしてとうとう彼を探し当てた、彼女たちの愛を。

振り向いてマストを見上げる。彼女たちは見えない。海を見る。大きな鳥と小さな鳥は、海に向かって滑るように降下している。海。彼女たちが思い切り飛び回る広場に、明俊は初めて気づいた。扇の要まで後退した彼は、今、後ろを振り向く。正気を取り戻した眼に、青い広場が映る。

自分が何かに取りつかれていたことに気づく。長い航海の間、ずっと見分けがつかず、かくれんぼをし、避けようとし、銃で撃とうとすらしたことを考えれば、何かに化かされていたに違いない。危うくたいへんなことを仕出かすところだった。大きな鳥と小さな鳥は狂喜して、水に沈みそうなほど海面すれすれに飛んだかと思うと、引き返しながら、そうだと言う。墓に打ち勝った、忘れ得ぬ美しい女たちが、手招きをする。わが子よ。ようやく安心する。昔、野原で神秘的な体験をしたことを、ふと思い出す。すると、いつだったか、こんなふうにこの船に乗っていて、あの野原を今みたいに思い出したこと、そして娘を呼んだこと、こんなふうに安心したことを思い出した。鏡の中の男は、晴れやかな笑顔だ。

真夜中。

船長はノックの音で、ベッドから身を起こした。すぐに腕につけた夜光時計を見た。マカオに着くにはまだ早い。

「何だ」

「釈放者が一人、行方不明になりました」

「え？」

「今、同室の者が報告してきたので人員を確認してみましたが、船内には見当たりません」

船長は階段を下りながら尋ねた。

「誰だ、いなくなったのは」

「ミスター・リーです」


翌日。

タゴール号は、白いペイントですっきりと塗装した三千トンの船体を震わせ、乗客を一人失ったまま、物体のようにぎっしり立ちこめた東シナ海の暖かい海霧をかきわけて滑らかに進む。

白い海鳥たちの姿は見えない。マストにも、その近くの海にも。

たぶんマカオで、どこかに行ってしまったのだろう。

訳者解説

崔仁勲《チェイヌン》は、戦後（朝鮮戦争後）の韓国文学を代表する作家の一人であり、『広場』はその代表作だ。この作品は、二〇〇四年に韓国の文学関係者（詩人、小説家、大学教授、評論家）によって〈韓国最高の小説〉に選ばれたという。また、高校教科書に最も多く収録された小説でもあるらしい。累計発行部数は約七十万部と推計される。

崔仁勲は朝鮮半島北部の咸鏡北道《ハムギョンプクト》会寧《フエリョン》で材木商の長男として生まれた。一九五〇年六月二十五日に朝鮮戦争が勃発した時には高校生だったが、同年十二月に家族と共に越南《ウォルナム》（南北の境界線を越えて南に行くこと）しているから、南北両方の空気を肌で知っているはずだ。その後、ソウル大学に入るが中退し、陸軍で通訳将校などを務めるかたわら小説を書き始めた。一九五九年に短編小説「グレイ倶楽部顛末記」「ラウル伝」を雑誌に発表して作家としてのスタートを切った。

一九六〇年、〈四《サー》・一九《イルグ》学生革命〉（大韓民国初代大統領李承晩《イスンマン》の不正選挙に憤った国民のデモが大学生を中心として全国的な広がりを見せ、ついに大統領を辞任に追い込んだ事件）のおよそ半年後、雑誌『夜明け《セビョク》』十一月号に中編小説『広場』が掲載された。李承晩政権下ではとうてい発表できなかった内容や観念的で知的な文体は世に鮮烈な衝撃を与え、文学青年たちを熱狂させた。そんな文学青年のうちの一人だった文芸評論家キム・ヒョンは、『広場』の影響力の大きさを、「政治史的に見ると一九六〇年は学生の年だったが、小説史的側面から見ると『広場』の年だった」と表現している。

一九六一年には、書き足して長篇小説となった『広場』が単行本として刊行された。崔仁勲はその後も『九雲夢』『灰色人』『話頭』を始め多数の作品を発表して高い評価を受け、巨匠として文壇に君臨していたが、二〇一八年三月に末期の大腸がんと診断され、同年七月二十三日に逝去した。

韓国では南北の分断をテーマにした小説を〈分断小説〉と呼ぶが、『広場』はその嚆矢だろう。文学と知性社の創始者でもある文芸評論家・金炳翼《キムビョンイク》が同社刊行の『崔仁勲全集』第一巻収録の『広場』に寄せた解説（一九九四）によれば、〈反共〉一辺倒の風潮の中で、北と南の理念体系の両方に対して等しく冷静な眼を向けた小説は『広場』以前にはなかったし、その後もずっとなかったという。一九八〇年代半ばを過ぎると、反共の視点からではなく朝鮮人民軍兵士の人間性を描いた小説として、李炳注《イビョンジュ》『智異山《チリサン》』（邦訳：上下巻、松田暢裕訳、東方出版、二〇一五）、趙廷来《チョジョンネ》『太白山脈』（邦訳：全十巻、筒井真樹子・ほか訳、ホーム社、一九九九〜二〇〇〇)、金源一《キムウォニル》『冬の谷間』(邦訳：尹学準訳、栄光教育文化研究所、一九九六)などが出た。しかしこれらの作品にしても主に描かれたのはパルチザンに過ぎない。まがりなりにも北朝鮮の権力内部に対して「率直かつ真摯な解明」(金炳翼)を試みた点で、『広場』は特異な存在だった。

『広場』は二十代の新人作家を一躍スターにした代表作だが、これを初期の作品と言ってよいのかはわからない。崔仁勲は晩年に至るまでこの作品に執着し、何度となく修正・改作しているからだ。『広場』は、韓国文学史上最も多くのバージョンを持つ小説でもある。『広場』が最初に発表された時、二羽のカモメは允愛《ユネ》と恩恵《ウネ》という二人の女性の化身として登場していたが、一九七三年の民音社版『広場』からは、恩恵と、彼女と主人公・明俊《ミョンジュン》との間の(生まれるはずだった)娘を象徴するものに変わった。さらに二〇一〇年の文学と知性社『崔仁勲全集』第七版からは、明俊がソウルを占領した人民軍の政治保衛部員として泰植《テシク》を拷問し、泰植の妻となった允愛を凌辱しかける場面が、実際のことではなく明俊が夢で見た光景であると改められている。

本書以前の日本語版としては、新丘文化社版（一九六七）『広場』が金素雲の翻訳で冬樹社『現代韓国文学選集』第一巻（一九七三）に、一九七六年に初版が刊行された文学と知性社『崔仁勲全集』第一巻所収の『広場』が田中明の翻訳で泰流社『韓国文学名作選』第一巻（一九七八）に収録されている。

このクオン版新訳は、文学と知性社の『崔仁勲全集』第一巻（二〇一八年三月刊行第七版十三刷）を底本にした。読みやすくするために、訳文では原文にない改行を入れた箇所がある。また、作品内部で時間的な整合性が取れなかったり、歴史的事実と矛盾したりしていると思われる部分もあるが、そのままにしておいた。『広場』は何度も版を改めているため、作家の序文も七つのバージョンがある。本書では単行本が初めて刊行された一九六一年版の序文のみ収録し、その他の序文はクオンのホームページから読めるようにした。（http://www.cuon.jp/）

なお、文中に政治保衛部という言葉が出てくるが、朝鮮戦争時であれば〈政治保衛局〉ではなかったかと思う。親日派や反動勢力を摘発し治安を維持することを目的とした部署だ。〈民主主義民族統一戦線〉は、〈祖国統一民主主義戦線〉のことを言っているようでもあるが、〈祖国統一民主主義戦線〉は一九四九年六月二十五日に平壌《ピョンヤン》で結成されていて時代が合わないので、架空の団体として原文どおりにしておいた。

三つの日本語版『広場』は元にしたバージョンが違うため、それぞれ内容が異なる。金素雲の日本語訳を見て感じたことだが、古いバージョンはこの最終バージョンよりも、さらに観念的であり衒学的だ。その文体は作者の資質に起因するものであり、またそれが読者、特に文学青年たちの眼には魅力的に映ったはずだ。しかし、李承晩政権崩壊後も、朴正煕《パクチョンヒ》、全《チョン》斗煥《ドゥファン》という独裁政権の言論統制の中でこの小説が出版されていたことを考えれば、厳しい検閲を逃れるために、より難解で象徴的な表現方法が採られたとも考えられる。

この小説の主人公・李《イ》明俊は〈釈放捕虜〉だ。釈放捕虜とは、朝鮮戦争の時に韓国内の捕虜収容所に収容され、一九五三年の停戦で釈放された元人民軍（北朝鮮軍）兵士を意味する言葉だ。明俊のいた巨済島《コジェド》は慶尚南道《キョンサンナムド》の沖に位置する島で、一九五一年に捕虜収容所が設置され、朝鮮人民軍と中国義勇軍の捕虜が収容された。捕虜の数は、最大で十七万人以上に達した。

停戦協定は紛糾したが、結果として釈放捕虜たちの前に三つの道が示された。一つは北朝鮮への送還、二つ目は韓国での定住、そしてもう一つが中立国への移住だ。祖国の北でも南でもない第三国、すなわち中立国への移住を希望した捕虜は、全体から見るとごく少数ではあるが、存在した。彼らの存在を広く世間に知らしめたのは、本作だろう。

映画「JSA」の原作となった朴商延《パクサンヨン》の長編小説『JSA――共同警備区域』（邦訳：金重明訳、文春文庫、二〇〇一）の語り手は、中立国監督委員会のスイス人ベルサミ（映画ではソフィーという女性）だが、ベルサミの父・李慶寿《イギョンス》は捕虜として巨済島の収容所に収容された元・人民軍兵士で、釈放された後にインドを経てブラジル、さらにスイスに移住したという設定になっている。この小説の中でも登場人物が崔仁勲の『広場』を話題にしており、李慶寿という人物は、おそらく『広場』から着想を得たものと思われる。

中立国を選んだ人民軍捕虜は、実際には七十六名で、元中国義勇軍だった兵士を含めると八十八名になるという。彼らは一九五四年二月、仁川《インチョン》港から船に乗ってインドに向かい、そこからまた別の国に移った。最も多いブラジルに五十五人、アルゼンチンには九人が移住したが、インドに残った人、北朝鮮に帰った人もいたそうだ。ほとんどが若者だったから、たいていは移住先で現地の女性と結婚して暮らした。現在、韓国では彼らの足跡を追うドキュメンタリー映画の制作が進行中だ。

作者・崔仁勲は一九七六年の「全集版序文」のなかで、「漢字語をすべて非漢字語にした」と述べている。〈漢字語〉とは漢字に由来する単語のことで、日本で言う〈漢語〉のことだ（漢字語に対して、もともと朝鮮にあった言葉、あるいはそれに由来する単語は〈固有語〉と呼ばれ、ハングルで表記される）。一九七六年の全集版では、相当数の漢字語が固有語に書き換えられた。

しかし固有語だけで文章を書くのは現実的に不可能なことであり、実際、全集版の『広場』にも、ハングルで表記された漢字語は多数含まれている。

そもそも〈広場《クァンジャン》（광장）〉というタイトル自体が漢字語なのだ。固有語なら〈マダン〉とでもすべきだろう。ただ、それまでハングルと漢字が混用されていたのを、一九七六年の全集版ではハングルだけの表記に変え、意味の取りにくい漢字語にだけ、ハングルの後に漢字を括弧の中に入れて添えている。「漢字語をすべて非漢字語にした」という言葉には、漢字語を固有語にしたことと、漢字表記をすべてハングルに変えたという二つの意味が混在しているようだ。

漢字語を固有語に置き換えたのは、ある種の言語実験と言うべき試みだったが、金炳翼が指摘したように、その試みは必ずしも成功しているとは言えない。金炳翼は次のような例を挙げている。

행동을 위해선 악마와 위험한 계약을 맺어도 좋다
（行動のためなら悪魔と危険な契約を結んでも構わない）

という表現が全集版では、

보람 있는 일이라면 도깨비하고 흥정해도 좋다
（やりがいのあることであれば、トッケビと取引しても構わない）

と改変されているのだ。〈トッケビ〉とは、朝鮮の昔話に登場する鬼のことである。悪魔との契約と聞けば、読者は当然、ゲーテの『ファウスト』に登場するメフィストフェレスを連想し、魂を売り渡すことだと思う。しかし、トッケビとの取引では何を意味しているのか、さっぱりわからない。

今回の翻訳では、原文が固有語に改変されている部分でも、敢えて漢語を排除してはいない。〈トッケビ〉も、もちろん〈悪魔〉にした。

主人公・李明俊の姿は、崔仁勲その人に重なる。崔仁勲は、ひっきりなしに価値観が入れ替わる激動の時代を生きた。幼い頃から儒教的な考え方が身についていたかもしれないし、キリスト教に興味を持ったこともあるだろう。日本の統治下では小国民になることを教えられただろうし、成長してからはコミュニズムの思想に共感したり、越南後はアメリカ文化の影響を受けて自由に憧れたりしたかもしれない。言語にしても、子供の頃は、家では朝鮮語を話しつつ、学校で日本語を学んだはずだ。しかも、生まれた年からすると、日本語を自由に操れた世代と、最初から韓国語で教育を受けた〈ハングル世代〉（狭い意味での〈ハングル世代〉は、四・一九学生革命の頃に二十歳前後だった〈四・一九世代〉とほぼ同義であり、キム・ヒョン〈一九四二〜一九九〇〉、金炳翼〈一九三八〜〉はハングル世代の代表的人物でもある）の中間に属している。どちらも中途半端なまま、言語的な不安定さを抱いて成人したと思われる。

既成の価値観に安住する人にとって、この作品を批判することは難しくないだろう。キリスト教とコミュニズムの対比など、図式的で陳腐だと言うかもしれない。しかし、そんなことをあげつらうよりは、何も信じることができなかった二十代の青年である主人公が、新しい社会に飛び込んで自ら体験し、自分の頭で懸命に考えようとした努力それ自体に、讃辞を送るべきなのだ。李明俊は、カードは失ったとしても、少なくとも自分でゲームをしたのだから。

二〇一九年八月　吉川凪

崔仁勲（최 인훈）

チェ・イヌン●一九三四年（公式な出生記録では一九三六年）、咸鏡北道《ハムギョンブクト》会寧《フェリョン》に生まれる。ソウル大学法学部中退。一九五九年「グレイ倶楽部顛末記」と「ラウル伝」が『自由文学』で推薦され、小説家として認められた。一九七七年から二〇〇一年五月までソウル芸術大学文芸創作科教授として在職し、作品執筆と後進養成に力を尽くした。主要作品に、『広場』『九雲夢』『灰色人』『西遊記』『総督の声』『話頭』などの小説と、戯曲集『昔々、フォイフォイ（フォイフォイは鳥を追い払う時の声）』、散文集『ユートピアの夢』『文学とイデオロギー』『道に関する瞑想』などがある。東仁文学賞（一九六六）、韓国演劇映画芸術賞戯曲賞（一九七七）、中央文化大賞芸術部門奨励賞（一九七八）、ソウル劇評家グループ賞（一九七九）、怡山《イサン》文学賞（一九九四）などを受賞。『広場』が英語、日本語、フランス語、ドイツ語、ロシア語、中国語などに、『灰色人』が英語に、『昔々、フォイフォイ』が英語とロシア語に翻訳、出版されている。二〇一八年七月二十三日没。

吉川凪

よしかわ なぎ●大阪生まれ。新聞社勤務を経て韓国に留学、仁荷大学国文科大学院で韓国近代文学を専攻。文学博士。著書に『朝鮮最初のモダニスト鄭芝溶《チョンジヨン》』、『京城のダダ、東京のダダ——高漢容《コハニョン》と仲間たち』、訳書としてカン・ヨンスク『リナ』、『申庚林《シンギョンニム》詩選集 ラクダに乗って』、パク・ソンウォン『都市は何によってできているのか』、チョン・セラン『アンダー・サンダー・テンダー』、谷川俊太郎・申庚林『酔うために飲むのではないからマッコリはゆっくりと味わう』、朴景利《パクキョンニ》『土地』第一、三、四、六、七巻などがある。金英夏《キムヨンハ》『殺人者の記憶法』で第四回日本翻訳大賞受賞。

CUON韓国文学の名作 001

広《ひろ》場《ば》

第一刷発行　2019年9月30日

著者　崔仁勲

訳者　吉川凪

編集　藤井久子

ブックデザイン　大倉真一郎

DTP　安藤紫野

印刷所　大日本印刷株式会社

発行者　永田金司　金承福

発行所　株式会社クオン
〒101-0051
東京都千代田区神田神保町 1-7-3 三光堂ビル3階
電話　03-5244-5426
FAX　03-5244-5428
URL　http://cuon.jp/

万一、落丁乱丁のある場合はお取替え致します。小社までご連絡ください。

ISBN 978-4-904855-83-6 C0097

「CUON韓国文学の名作」はその時代の社会の姿や
人間の根源的な欲望、絶望、希望を描いた
20世紀の名作を紹介するシリーズです